Gerda Greschke-Begemann: Weit draußen
Mordermittlung auf St. Kilda – Ein Schottland Krimi

AF200558

Gerda Greschke-Begemann

Weit draußen

Mordermittlung auf St. Kilda

Ein Schottland-Krimi

Bibliografische Information der Deutschen Nationalbibliothek:

Die Deutsche Nationalbibliothek verzeichnet diese Publikation in der Deutschen Nationalbibliografie; detaillierte bibliografische Daten sind im Internet über http://dnb.dnb.de abrufbar.

Cover: Dr. Peter Greschke

Herstellung und Verlag: BoD – Books on Demand, Norderstedt

ISBN: 9 783749 455607

Inhalt

Wer ist wer?

Amanda: Ticketverkäuferin im Museum, plaudert gerne mit ihrer Kollegin Gladys aus dem Museumsshop.

Branwyn Mc Gregor: Lebt auf St. Kilda, weil sie die Einsamkeit und Natur dort liebt. Sie ist Zivilangestellte der Armeestation auf der Insel Hirta, verwaltet die Unterkünfte und bedient das Tenderboot, wenn Schiffe den Hafen ansteuern.

Deirdre Fraser: Isobels gutmütige ältere Schwester kann gut kochen. Sie ist mit Keith verheiratet, arbeitet als Abteilungsleiterin in der Uni-Bibliothek und möchte Mutter werden.

Detective Chief Inspector Callum Abel: Der 38-jährige Detective kann gar nicht so schnell ermitteln, wie gemordet wird. Groß oder elegant ist er nicht, hat aber ein fixes Gehirn und das richtige Händchen für die selbstbewusste Isobel.

Detective Sergeant Lennox McAllister: Callums Assistent, er ist Anfang 20, liebt Techno-Musik und gelegentlich eine Freundin. Für seinen Chef verzichtet er auch mal auf seine Freizeit.

Doris Moray: 27 Jahre alt und Haushälterin auf dem Anwesen der McLeods. Sie gehört zu den Frauen, die sich bei Kenzy Cameron zum Bogenschießen treffen und gilt als konkurrenzlos beste Schützin. Warum hat Gladys immer wieder versucht, sie kennenzulernen?

Dugal Buchanan: Museumsdirektor, der großen Wert darauf legt, ernst genommen zu werden. Schließlich ist er eine besonders gepflegte Erscheinung.

Elvira Clark: Die ältliche Sekretärin im Clydesdale Museum hört alles und erfährt vieles, aber sie plaudert auch liebend gerne. Ihre Geschwätzigkeit finden Isobel und der Chiefinspector lästig.

Fergus Wayne: Ein Archäologe aus Edinburgh, der Keith bei den Ausgrabungen auf dem St. Kilda Archipel unterstützt hat.

Gladys Henderson: Die blonde Verkäuferin im Museums-Shop hat Keith, den Kurator, einmal verführt und möchte das wiederholen.

Isobel Laugham: Eine temperamentvolle junge Frau von 28 Jahren, sie findet den ersten Toten im Clydesdale-Museum. Isobel arbeitet als Kulturreporterin beim Glasgow Telegraph und macht sich über Männer keine Illusionen. Doch der ermittelnde Chiefinspector ist ein besonderer Mann.

Jeannet: Eine Bogenschützin, die Branwyns Ruf nach St. Kilda gefolgt ist.

Keith Fraser: Kurator der naturwissenschaftlichen Abteilungen im Museum und Ausgrabungsleiter auf St. Kilda. Als ein Steinzeitmesser aus seiner Sammlung verschwindet, wird er unruhig.

Kenrick McLeod: Der etwas jüngere Cousin und Erbe des ersten Mordopfers, ein kleiner, affektierter Mann mit besonderen Vorlieben.

Kenzy Cameron: Eine herbe Frau, die offenbar keine Männer mag. Auf ihrer einsam gelegenen Farm züchtet sie Highland-Ponys und trainiert Frauen im Bogensport.

Liard McLeod, Roarke: Er war Großgrundbesitzer auf den Äußeren Hebriden und dem St. Kilda-Archipel. Dort plante er einen Fantasy-Park für Touristen. Warum liegt er jetzt tot im Museum?

Lionel: Ein junger uniformierter Polizist, der ehrgeizig nach Beförderung strebt, seit er den Chiefinspector und Sergeant Lennox unterstützen darf.

Michael: Leiter eines Sondereinsatzkommandos vom Festland.

Sapphora Sterling: Eine beeindruckend große Frau mit blondem Zopf. Sie stammt von der Insel Lewis und ist Fergus Waynes Freundin.

Simona: Eine pfiffige Kollegin im Wirtschaftsdezernat der Glasgower Polizei

Theo Abel: Callums älterer Bruder, er ist Colonel bei der Royal Navy und privat etwas dünnhäutig, findet Callum.

Thomas Harbottle: Truppführer bei der uniformierten Polizei in Glasgow

Dienstag: Isobel

Ihre Schritte hallten auf den hübschen bunten Mosaikfliesen des Ganges im alten Gebäude. Der Presseausweis, den sie an die Jacke geheftet hatte, wippte mit ihren Bewegungen. Außer ihr schien niemand hier oben unterwegs zu sein, was nicht ungewöhnlich war an einem Dienstagvormittag kurz nach Öffnung des Museums.

,Ob die Saalwächterinnen überhaupt schon ihre Plätze eingenommen haben? ', überlegte die junge Frau.

Von der Balustrade, die vor den Ausstellungsräumen im zweiten Stock verlief, warf Isobel einen Blick hinunter in die Halle. Die Frau von der Kasse saß nicht mehr in ihrem Glaskasten, sondern stand beim Eingang zum Shop und plauderte angeregt mit der Verkäuferin aus dem Laden, die soeben einen Ständer mit Postkarten vor die Tür schob. Nur ein schwaches Gemurmel drang bis hier oben auf den offenen Flur, verstehen konnte Isobel das Gespräch aus dem Foyer unten nicht.

Sie beeilte sich, den Saal 41a zu erreichen, um endlich ungestört die jüngsten Exponate von der Grabung auf St. Kilda fotografieren zu können. Die Artefakte waren in neuen Vitrinen für die öffentliche Ausstellung aufbereitet worden und die Fotos benötigte Isobel für die Kulturredaktion des Glasgow Telegraph. Eine ganze Zeitungsseite war ihr eingeräumt worden für den Artikel über die uralten Besiedlungen und Kulturen auf St. Kilda, die von den archäologischen Funden bezeugt wurden. Heute wollte sie Detailaufnahmen von Knochenschmuck und Werkzeugen machen.

Es war ein Glückstreffer gewesen, dass Keith Fraser vor fast zwei Jahren bei einer Grabung auf zahlreiche neolithische Artefakte gestoßen war. Keith war mit ihrer Schwester Deirdre verheiratet, er war ein freundlicher, gutaussehender Kerl, Isobel mochte ihren Schwager. Als Archäologe hatte er jahrelang die Ausgrabungen auf Hirta, der größten Insel des St. Kilda Archipels, geleitet und war inzwischen zum Kurator der naturhistorischen Abteilung des Clydesdale-Museums ernannt worden. Gestern Abend hatte er ihr die Vitrinenschlüssel anvertraut, weil er erst mittags ins Büro kommen konnte.

Energisch öffnete Isobel die schwere Tür zum Saal, richtete ihren Blick sofort auf die neue Vitrine in der Mitte des Raumes, dann schnappte sie nach Luft. Entsetzt machte sie zwei hastige Schritte rückwärts, dabei rutschte ihr die Türklinke aus der Hand und die hohe Tür fiel vor ihr ins massive Schloss zurück. Ihr schien, als würde der Knall im ganzen riesigen Gebäude wie ein endloses Echo widerhallen, bis sie begriff, dass es in ihren Ohren dröhnte und sie kurz vor einer Ohnmacht stand. Rechtzeitig ließ sie sich zu Boden gleiten, befreite sich vom Rucksack mit der Fotoausrüstung und bemühte sich, tief und ruhig zu atmen, um den Schock zu überwinden. Der Schwindel verebbte. Sie stützte sich am Türrahmen ab und erhob sich ganz langsam wieder. Als ob sie ihrer Wahrnehmung nicht trauen könnte, umklammerte sie mit der rechten Hand erneut die Messingklinke und schob die Tür vorsichtig noch einmal auf.

Dieses Mal war sie auf den Anblick gefasst. Zwei- oder dreimal war sie dem Mann schon begegnet, der hier leblos vor der Vitrine mit den Artefakten von St. Kilda lag. Mit starren Augen und aufgerissenem Mund zeigte sein Gesicht nach oben, Isobel glaubte, das Entsetzen darin noch ablesen zu können. Der Körper war in der Hüfte verdreht und ein Kniegelenk so unnatürlich stark eingeknickt, dass der Fuß nun vom Gesäß verdeckt wurde.

Voller Angst ließ Isobel den Blick durch den Raum schweifen und zum Stuhl neben der geschlossenen Verbindungstür zu Saal 42.

‚Müsste die Saalwächterin nicht dort stehen? Was war hier passiert? Etwa ein Mord?'

Zwar sah sie kein Blut, aber diese Fragen schossen ihr blitzschnell durch den Kopf, während sie intensiv auf den Brustkorb des vor ihr liegenden Körpers schaute. Sie konnte kein Lebenszeichen entdecken.

Verkrampft zögerte sie, zwang sich jedoch, um die Mittelkonsolen herumzutreten. Trotz ihres Horrors, womöglich auch noch die Leiche der Wärterin zu finden oder gar einem Mörder zu begegnen, schaute sie im zweiten Gang nach. Da war nichts. Sie atmete auf, hastete zu ihrem Rucksack, der noch im Eingang stand, wühlte nach ihrem Smartphone und tippte zitternd die 999 für den Notruf.

Callum Abel übernimmt

Detective Chiefinspector Abel vergewisserte sich erst bei der Zentrale, dass der Rettungsdienst benachrichtigt worden war, ehe er das Telefonat mit der aufgeregten Frau im Clydesdale Museum annahm. Der Sponsor einer Ausgrabung liege tot im Saal 41 a, berichtete die Anruferin, es sei Liard McLeod von Harris. Dieser Name war Callum Abel bekannt, genau wie allen anderen hier im schottischen Westen. Der Lord, oder wie die Schotten sagten, der Liard, war Chef einer Familie mit großem Grundbesitz auf den Äußeren Hebriden.
„Wir sind gleich bei Ihnen vor Ort, bitte warten Sie unbedingt auf uns", beendete er das Gespräch. Dann machte er sich mit seinem Sergeant auf den Weg.

Detective Sergeant Lennox McAllister beeilte sich, die schwere Tür des Museums für seinen Chef zu öffnen. In der Eingangshalle schienen sich bereits alle Angestellten versammelt zu haben, demnach hatte der Vorfall die Runde gemacht, stellte Callum Abel fest. Die Saalaufseher waren leicht an ihren schwarzen Westen über weißen Hemden oder Blusen und den blauen Namensschildern zu erkennen. Callum Abel zückte seinen Ausweis, hielt ihn hoch und nannte seinen Namen.

„Ich bin der zuständige DCI, Detective Chiefinspector Abel. DS McAllister unterstützt mich", stellte er auch seinen Kollegen knapp vor. „Wer von Ihnen betreut den Saal 41?"

Eine schmale, ältere Frau trat schüchtern vor.

„Bitte begleiten Sie uns, Sie kennen ja den Weg", entschied der Chiefinspector und strebte auf den Lift zu, wandte aber den Kopf noch einmal und rief den anderen in der Halle zu: „Meine Kollegen vom kriminaltechnischen Dienst werden gleich eintreffen, schicken Sie die Leute zu mir hoch!"

Noch während seiner letzten Worte öffneten sich die Türen des Aufzugs, zwei Rettungssanitäter und ein Arzt in alarmgelben Westen kamen heraus. „Keinerlei Vitalfunktionen mehr, wir konnten nichts mehr tun", die knappen Worte des Arztes klangen entschieden, „jetzt sind Sie zuständig."

Bevor der Chiefinspector die Tür zum Saal 41a öffnete, wandte er sich an die Saalwächterin.

„Waren Sie heute früh schon an Ihrem Arbeitsplatz?"

Die Frau schüttelte bekümmert den Kopf und wollte zu einer Erklärung ansetzen.

„Dankeschön, das reicht für den Moment, gehen Sie jetzt bitte wieder zu den anderen nach unten und warten Sie auf uns."

Die Situation im Ausstellungsraum entsprach der Schilderung der Anruferin. Auf den ersten Blick waren keine Blutspuren zu sehen.
Sergeant McAllister murmelte: „Es ist wirklich der Liard."
„Der Liard! Müsste ich ihn etwa auch so nennen?"
Der Sergeant wusste, dass sein Chef aus dem Nordosten Englands stammte und grundsätzlich nichts davon hielt, Menschen wegen ihrer Abstammung zu verehren, darum grinste er schwach.
„Nee", sagte er gedehnt, „warum sollten Sie auch? Sie sind ja nicht von hier."
Callum Abel sah ein amüsiertes Glitzern in den sonst so treuherzigen Augen seines Assistenten, doch er schwieg und ließ sich auf die Fersen nieder.

Vorsichtig studierte er den toten Körper. Er schätzte das Alter des Mannes auf ungefähr fünfzig, eine Verletzung konnte er in dieser Position des Körpers nicht entdecken. Vorsichtig drehte er den Kopf des Toten zur Seite, beugte sich tiefer und brummte: „Da ist was!"
Er zeigte nach unten auf die Stelle zwischen Schädelbasisknochen und Halswirbelansatz, dort zeichnete sich ein roter Fleck mit dunklen Verkrustungen am Rand einer Wunde ab. Nur

wenig Blut war auf den Boden unter dem Kopf des Toten gelangt.

Die beiden Detectives waren noch damit beschäftigt, alle Winkel nach einer Tatwaffe abzusuchen, als die Spezialisten eintrafen. Das Schlüsselbund für die Schaukästen im Saal hatte man ihnen bereits ausgehändigt.

„Hey, Chiefinspector, dieser hier ist überhaupt nicht abgeschlossen!"

Einer der Männer in weißen Schutzanzügen zeigte auf den mittleren Schaukasten. Auf drei Glasböden waren verschiedene uralte Artefakte ausgestellt, kleine Kärtchen in verchromten Aufstellern mit kurzen Erklärungen zum jeweiligen Fund standen bei jedem Objekt. Es schien nichts zu fehlen. Callum Abel winkte den Sergeant heran, doch auch Lennox McAllister konnte keine Auffälligkeit oder eine Lücke in der Anordnung entdecken.

„Vielleicht hat nur jemand vergessen, diesen Kasten abzuschließen", überlegte der Chiefinspector, doch er bat die Techniker, hier besonders sogfältig nach Fingerabdrücken zu suchen.

Das Team der Kriminaltechnik arbeitete routiniert und akribisch. Die Spezialisten packten eine Menge kompliziert aussehender Geräte aus und ein Fotograf nahm Bilder aus allen erdenklichen Perspektiven auf. Währenddessen telefonierte der Chiefinspector, forderte einige Uniformierte zur Unterstützung an und schickte seinen Sergeant nach unten.

„Mach eine Liste aller Angestellten und lass niemanden aus dem Gebäude. Und hinein auch nicht!"

Die Leiche wurde schon nach kurzer Beschau durch den diensthabenden Arzt in einen Plastiksack gelegt für den Abtransport in die pathologische Abteilung der Universitätsklinik. Der Polizeiarzt kam zu Callum Abel hinüber und bemerkte lakonisch, dass dies sein erster Tatort in einem Museum war. Er versprach, dafür zu sorgen, dass der Chiefinspector schnellstmöglich das Ergebnis der Leichenschau bekommen würde.

„Es ist eindeutig Mord, kein Unfall. Der Tod ist durch Gewalteinwirkung sehr schnell eingetreten, aber es gab nur eine schwache Blutung."

Callum Abel wollte wissen, seit wann der Mann tot war.

„Ich kann euch erst einmal nur sicher sagen, dass der Mann mehr als eine, aber höchstens zweieinhalb Stunden tot ist und nicht umgelagert wurde. Ich weiß nämlich nicht, ob die Raumtemperatur zu den Öffnungszeiten verändert wird. Lasst doch der Pathologie ein bisschen Zeit."

Er reichte Callum die Brieftasche des Toten. Führerschein und Kreditkarten darin bestätigten, dass der Besitzer wirklich Roarke McLeod war.

„Habt ihr das Tatwerkzeug gefunden? Wir haben bisher nämlich nichts entdeckt."

Der Doktor zeigte auf die Männer in den Schutzanzügen. „Die Techniker haben was eingepackt, mal abwarten."

Unten im Foyer waren fünf Uniformierte, darunter drei Frauen, eingetroffen und unterstützten die Ermittlungsarbeiten. Im Café des Museums wurden die Getränkeautomaten in Betrieb genommen. Dort erfassten die Polizistinnen die Personalien aller anwesenden Angestellten und bemühten sich, die Ungeduldigen zu beruhigen. Trotzdem war der Geräuschpegel hoch in dem großen Raum. Stuhlbeine kratzten laut über den Fliesenboden und übertönten immer wieder das Durcheinander der aufgeregten Gespräche zwischen den Museumsmitarbeitern.

Die Journalistin Isobel Laugham wurde als Erste in den im Untergeschoss gelegenen Raum gebeten, der eigentlich ein Seminarraum war, aber jetzt der Polizei für ihre Ermittlungen zur Verfügung stand. Vorne rechts im Seminarsaal hatte man vier der weißen Tische zusammengeschoben, an den gegenüberliegenden Längsseiten befanden sich je zwei der zahlreich vorhandenen Stapelstühle. Callum Abel war sehr höflich zu Isobel, rückte ihr sogar den Stuhl zurecht, als sie Platz nahm. Lennox McAllister setzte eine Tasse Tee vor ihr ab, schob einen Teller mit Zuckerpäckchen hinüber und reichte ihr das Milchkännchen.

Die letzte dreiviertel Stunde hatte Isobel im gut geheizten Vorzimmer des Museumsdirektors verbracht und unter der Betreuung von dessen gesprächiger Sekretärin ihre Fassung wiedergewonnen. Das Namensschild neben dem Revers des grauen Blazers verriet den Namen der Sekretärin: Elvira Clark. Isobel schätzte ihr Alter auf etwas über fünfzig. Die rundliche, blond gefärbte Elvira hatte ihren Schützling genötigt, einen gebutterten Scone zu essen und frischen Tee zu trinken, während sie Isobel gleichzeitig wortreich bedauerte.

„Oh, meine Liebe, wie furchtbar das alles für Sie sein muss! Den armen Liard McLeod in einer solchen Situation aufzufinden, vollkommen tot war er, sagen Sie?"
Über diese eigenartige Formulierung wunderte Isobel sich und hob überrascht den Kopf, aber sie antwortete bloß mit energischem Nicken.
„Welch ein furchtbarer Schock für Sie, Sie armes Kind!" Die Sekretärin tätschelte Isobels Schultern und plauderte unentwegt weiter. „Er war so ein feiner Herr, unser Liard, immer freundlich und ausgesprochen höflich. Keine Spur arrogant. Gestern noch hat er mit mir telefoniert, er war so respektvoll und liebenswürdig dabei!"

Unvermittelt schluchzte die Frau auf. Erstaunt wandte Isobel ihr wieder das Gesicht zu und sah die mütterlich wirkende Sekretärin fragend an.

„Ach, der Liard wollte heute noch einmal vor der offiziellen Eröffnung die Präsentation der neuen Stücke betrachten, er ist doch immer so begeistert von den Funden. Er WAR immer so begeistert, sollte ich wohl sagen ..." Sie nahm ein besticktes Taschentuch aus einer flachen Schublade und tupfte sich vorsichtig die Nase. „Ich hatte ihm versprochen, schon um acht Uhr da zu sein und ihn einzulassen, weil er doch anschließend wieder herausfahren wollte nach Lewis. Ich konnte doch nicht ahnen, dass ein Mörder hier auf ihn lauern würde!"

„Sie glauben, es war Mord?", unterbrach Isobel den Redefluss.
Die blonde Sekretärin starrte sie an.
„Was denn sonst? Warum sollte er einfach so sterben? Er war doch ganz gesund, schien mir!"
Dann hatte es geklopft und eine uniformierte Polizistin war eingetreten. Sie wolle Isobel zu den Ermittlern begleiten, hatte sie gesagt.

Nun saß Isobel im Seminarraum schon wieder vor einer Tasse Tee.
„Sie sind also Isobel Laugham, Sie haben die Leiche gefunden und uns angerufen, richtig?", begann der Chiefinspector die Befragung, nachdem Isobel höflich an ihrem Tee genippt hatte. „Wie jung sind Sie denn wohl?"
Er lächelte Isobel auffallend freundlich zu, denn die zierliche junge Frau mit den kurzen schwarzen

Haaren gefiel ihm außerordentlich gut. Das Blau ihrer Augen erschien Callum Abel so leuchtend wie Kornblumen im Sommer, die ihn immer an frohe Kindertage denken ließen.

„Ich bin 28 Jahre alt und Kulturredakteurin beim Glasgow Telegraph", erklärte die attraktive Frau ihm jetzt. „Ich wollte die neue Ausstellung im Saal 41a fotografieren. Unter den zuletzt gefundenen Artefakten gibt es zwei sehr interessante, aus Knochen gefertigte Schmuckstücke aus der Jungsteinzeit. Die sind einzigartig und auch die dazu passenden Steinwerkzeuge sind vorhanden."
„Ich freue mich schon auf Ihren Artikel darüber und werde ihn ganz bestimmt mit großem Interesse lesen. Ich hoffe, Sie werden ihn trotz dieses unerwarteten Todesfalles schreiben?"

Isobel erschauerte sichtbar, das Bild des Toten war noch allzu akut vor ihren Augen. Und ihr war durchaus klar, dass sie wahrscheinlich zu den Verdächtigten gehörte, also antwortete sie mit einer Gegenfrage.
„Kennen Sie schon die Todesursache? Wann genau und woran ist McLeod überhaupt gestorben? Der Mann lag wirklich seltsam dort und die Sekretärin sprach von Mord. Ich möchte den Artikel nämlich nicht in Untersuchungshaft schreiben müssen, wie Sie sich bestimmt vorstellen können."
Sie lächelte ziemlich angestrengt.
„Es war Mord, da hat die Sekretärin recht. Woher

kann die Frau das überhaupt wissen?"
Callum Abel schaute fragend hinüber zu seinem
Sergeant, doch der zuckte nur mit den Schultern.

Isobel setzte sich sehr gerade hin.
„Ich kann Ihnen sogar sagen, dass McLeod zwischen
acht und neun Uhr heute Morgen gestorben ist –
aber das wird Ihnen die Sekretärin noch besser
erklären können. Jedenfalls habe ich den Mann
nicht ermordet. Warum auch? Er war schließlich
ein wichtiger Sponsor der Ausgrabungen auf St.
Kilda, an denen mir viel liegt."

Der Detective tippte auf sein Smartphone. Er
fand, was er suchte.
„Ja, der Todeszeitpunkt liegt laut der Pathologin
tatsächlich frühestens um 7.45 und spätestens 8.30
Uhr. Das hat die Ärztin uns schon übermittelt und
das entspricht auch der ersten Einschätzung
unseres Polizeiarztes. Wann genau haben Sie den
Saal oben betreten?"

Isobel erklärte, dass sie pünktlich um neun bei
Öffnung des Museums vor Ort gewesen war und
vielleicht insgesamt sechs Minuten für den
Kartenkauf, den Lift und die Durchquerung der
Galerie gebraucht hätte.
„Respekt! Dann kennen Sie sich offenbar in diesem
Labyrinth von Museum richtig gut aus", lobte der
Detective.
Isobel war sich nicht sicher, wie sie diese

Bemerkung deuten sollte und ob ihre Orts-
kenntnisse sie dem Ermittler womöglich noch
verdächtiger machten. Also reagierte sie mit einem
kleinen verächtlichen Schnauben und dem Kom-
mentar, dass ihre Arbeit sie oft ins Clydesdale-
Museum führen würde. Außerdem arbeite ihr
Schwager Keith hier als Kurator und unterstütze
ihre Reportage. Dabei trommelte sie gereizt mit den
Fingerkuppen auf die Tischplatte.

Der Detective musste ein Grinsen unter-
drücken, denn Isobel erinnerte ihn in diesem
Moment an ein kleines, aufgeregtes Eichhörnchen
am winterlichen Futterplatz. Aber er verscheuchte
dieses innere Bild, zwang sich zur Konzentration
und versuchte, sein Gegenüber zu beschwichtigen.
„Ich wollte Sie nicht kritisieren. Wenn Sie erst um
neun Uhr hier waren, dann können Sie McLeod
schließlich nicht ermordet haben, nicht wahr?"
Dabei lächelte er flüchtig. Er schaute auf ein Blatt
Papier mit einer Namensliste.
„Keith Fraser. Hier ist er. Sie sind also seine
Schwägerin. Er ist Kurator des Museums und war
der Ausgrabungsleiter, stimmt das?"

Bevor Isobel ausführlich antworten konnte,
klopfte es energisch. Fast gleichzeitig öffnete sich
die Tür. Ein hochgewachsener Mann mit grauen,
gewellten Haaren trat ein, dicht gefolgt von einem
uniformierten Polizisten.
„Ich konnte den Direktor nicht aufhalten,

Chief!" Die Stimme des Polizisten klang sowohl entschuldigend als auch vorwurfsvoll.

„Kein Problem, Lionel, ich muss sowieso mit dem Chef des Hauses sprechen, warum nicht jetzt gleich?"

Der junge Polizist schloss erleichtert die Tür hinter sich und Callum Abel stand auf, um den Direktor zu begrüßen.

„Wir sind fast fertig mit Frau Laugham. Sie hat den Toten nämlich gefunden, wussten Sie das? Sie beide kennen sich doch bestimmt schon?"

„Ja, das ist die Journalistin, die sich so sehr für Keith Frasers Ausgrabungen interessiert. Ich bin Dugal Buchanan, Direktor des Clydesdale-Museums."

Der Mann nickte Isobel gönnerhaft zu, schob seine Krawatte zurecht und schloss sogar den unteren Jackenknopf seines dunkelblauen Anzugs, als müsste er sich einem größeren Publikum stellen. Isobel schien es, als ob der Chiefinspector ihr einen belustigten Blick zuwarf. Sie wusste, dass Direktor Buchanan es nur schwer ertrug, wenn ihm nicht die Beachtung zuteilwurde, die er für sich in Anspruch nahm. Keith hatte sich zuhause schon manches Mal darüber beklagt, dass der Museumsdirektor eine Nervensäge mit Profilierungssucht sei, selbst dann, wenn er vom Fachgebiet überhaupt keine Ahnung hatte. Sie lächelte in sich hinein und war gespannt, wie der Chiefinspector mit dem Wichtigtuer umgehen würde.

Er tat es souverän. Geduldig hörte er den Ausführungen zu, wie verantwortlich sich der Direktor für sämtliche Mitarbeiter und alle Einzelheiten oder Veränderungen in den Abteilungen fühle, und dass er über alle Vorfälle in seinem Museum sowie über die Ermittlungsfortschritte sofort informiert werden wolle. Insbesondere war Dugal Buchanan daran gelegen, dass die Presse nicht negativ über sein Haus berichtete und dass der normale Betrieb schnellstens wieder aufgenommen werden könne. Seine Sekretärin habe ihm gerade erst von einer Vereinbarung mit dem Opfer berichtet, die St. Kilda–Ausstellung vor Öffnung des Museums anzuschauen. Das sei zwar irregulär und ohne seine Kenntnis geschehen, doch schließlich müsse man einem großzügigen Sponsor solche kleinen Extras schon mal erlauben.

„Kannten Sie McLeod gut?", wollte der Chiefinspector noch wissen.
„Wir alle schätzten Liard McLeod sehr, er hat viel für unsere archäologischen und auch die naturkundlichen Sammlungen getan. Aber er war gar nicht sonderlich oft in der Stadt, sein Wohnsitz ist auf Harris. Einmal hat er mich dorthin eingeladen; er war ein sehr gebildeter Gentleman mit vorzüglichen Kenntnissen unserer Siedlungsgeschichte. Sein Tod ist ein großer Verlust für uns."
Nach diesem würdevollen Ausspruch entließ Callum Abel den Direktor.

Von Isobel ließ er sich die private Adresse und Telefonnummer geben, ebenso ihre Anschlussnummer in der Redaktion.

„Es kann sein, dass wir nochmals auf Sie zukommen müssen oder Ihre Hilfe brauchen, Frau Laugham", begründete er, „dann wäre es sehr freundlich, wenn Sie uns bei Bedarf Ihr Expertenwissen zur Verfügung stellen."

„Ach, Keith kennt sich in allem, was St. Kilda und die McLeods betrifft, viel besser aus als ich. Sprechen Sie erst einmal mit ihm."

„Klar machen wir das", nickte Callum und strahlte sie schon wieder auffallend herzlich an.

Isobel konnte nicht mehr ignorieren, dass dieser Detective mehr als nur ein berufliches Interesse an ihr hatte.

Als er sie verabschiedete und sogar bis zur Tür begleitete, betrachtete sie seine Erscheinung mit neuem Interesse. Callum Abel war ungefähr 1,80 m groß, sein Alter schätzte sie auf etwa Mitte dreißig. Seine mittelblonden Haare trug er entgegen der Mode etwas länger, was einigen widerspenstigen Strähnen erlaubte, in verschiedenen Richtungen abzustehen und den Eindruck eines ungezähmten Haarschopfes zu erzeugen. Das sah erfrischend unkonventionell aus, fand Isobel und fragte sich, ob dies wohl dem Charakter des Chiefinspectors insgesamt entsprach. Er trug schwarz–weiße

Sneakers zu einer schwarzen Jeans und ein dunkel-weinrotes Jackett über einem weißen Pullover.

Ein traditioneller Schotte war dieser Detective jedenfalls nicht, da war sich Isobel sicher. Sie lächelte ihn an, bevor er die Tür hinter ihr schloss. Sergeant Lennox McAllister wunderte sich über die gute Laune seines Chefs.

Was die Sekretärin weiß

Am Nachmittag wurde das Museum wieder für das Publikum geöffnet. Es herrschte deutlich mehr Betrieb als gewöhnlich. Der Todesfall hatte sich in der Stadt herumgesprochen, weil das Lokalradio berichtet hatte. Viele Neugierige, die sich offenbar am Tatort gruseln wollten, waren enttäuscht, weil die Säle 40 bis 43 noch versiegelt blieben, denn diese Räume hatten Verbindungstüren untereinander.

Die Befragung der Angestellten aus dem Foyer hatte nicht viel Neues ergeben. Es gab keinen Widerspruch zu Isobels Aussagen. Die Aufseherin der Säle 40–43 wusste überhaupt nichts zu berichten, außer, dass sie heute sieben Minuten zu spät zum Dienst eingetroffen war, weil sie den frühen Bus verpasst hatte. Die Sekretärin des Direktors war zunächst etwas eingeschüchtert, doch Callum Abels Freundlichkeit verführte Elvira

Clark bald dazu, ungebremst wie ein Wasserfall zu plaudern. Der tote Liard wurde von ihr in höchsten Tönen gelobt, seine guten Manieren und sein Engagement für die Sammlungen von der St. Kilda–Inselgruppe lebhaft beschworen.

„Ich glaube, der Liard wollte all diese Artefakte hier im Museum sicher aufgehoben wissen, bevor er mit den Bauarbeiten beginnen würde", überlegte sie laut.
„Bauen auf St. Kilda?" Der Chiefinspector war sehr überrascht. „Die Inseln sind doch unbewohnt, dachte ich, bis auf die Militärstation dort, oder?"
Elvira Clark wurde unsicher und schaute bekümmert vom Chiefinspector zu seinem Sergeant.
„Habe ich etwa Pläne verraten, die geheim bleiben sollten? Ach, du lieber Gott ..."
Sie presste die Hände zusammen und massierte ihre Finger vor Verlegenheit.

Der Detective beruhigte sie.
„Sie brauchen sich keine Sorgen zu machen, es ist nur so, dass ich nicht gut informiert bin über diesen Inselarchipel dort draußen. Natürlich konnte Mr. McLeod selbst entscheiden, was er für seinen Grundbesitz plante und wie er es nutzen wollte. Wissen Sie denn vielleicht, was er dort vorhatte?"
Er lächelte die Sekretärin aufmunternd an.
„Ich glaube, es sollte irgendein Abenteuer-Freizeitpark werden, ein historischer Themenpark

zu Steinzeit, Antike und Mittelalter. Die Touristen sollten dort Abenteuer nachspielen können, mit Steinzeitjägern, Wikingern und Amazonen, so was in dieser Art. Nur Vögel zu beobachten, finden Familien doch langweilig, meinen Sie nicht? Gladys behauptet, der Liard habe einmal mit einem ihrer Gäste über solche Pläne gesprochen. Gladys ist die Verkäuferin unten im Shop, wissen Sie? Aber zuhause vermietet sie auch zwei Bed-and-Breakfast-Zimmer. Deshalb hört sie viel darüber, was die Touristen sich wünschen."

Bereitwillig berichtete die Sekretärin alles, was sie von Gladys Gast im letzten September wusste. Er sei ein Landschaftsarchitekt gewesen und von unten aus Norfolk bis nach Glasgow gereist, um sich hier zwei- oder dreimal mit dem Liard zu treffen.
„Sie sind sogar mit dem Boot zum Archipel hinausgefahren. Dabei ist das Wetter dort draußen ganz rau und die Wellen sind oft gefährlich hoch!"
Elvira Clark warf schwungvoll die Hände nach oben und ihr Gesichtsausdruck zeigte deutlich, was sie von solch riskanten Ausflügen hielt.

„Nun, jetzt dürfte das Projekt erst einmal aufgeschoben sein. Weißt du irgendetwas darüber, Lennox?", wandte sich der Detective Chiefinspector an seinen Sergeant.
„Gerüchte habe ich gehört, mehr eigentlich nicht", antwortete der Sergeant, „ich kann mir nicht

vorstellen, dass etwas aus den Plänen geworden wäre, dort draußen sind doch lauter Vogel- und Naturschutzgebiete."

Die Sorgen des Kurators

Kaum hatte Keith Fraser am frühen Nachmittag das Foyer des Museums betreten, kam Gladys vom Shop her quer durch die Halle auf ihn zu gerannt. Ihre Bleistiftabsätze klapperten ein hektisches Stakkato auf dem Steinboden. Keith stöhnte innerlich auf und verfluchte den Abend im letzten Winter, als er nach einem gemeinsamen Weihnachtsessen aller Museumsmitarbeiter die angetrunkene Verkäuferin nach Hause gefahren hatte. Noch immer bereute er, sich damals darauf eingelassen zu haben, sie ins Haus zu begleiten.

Seit dem daraus entstandenen One-Night-Stand suchte Gladys immer wieder seine Nähe und offenbarte eine Vertraulichkeit, die ihm höchst peinlich war. Noch größer als seine Sorge, welche Schlüsse die Kollegen daraus zogen, war seine Befürchtung, dass entsprechende Gerüchte bis zu Deirdre gelangen könnten. Keith liebte seine Frau und wollte ihr eine derartige Enttäuschung unbedingt ersparen.

Ungeduldig unterbrach er nun Gladys Wortschwall.

„Ja, ich weiß. Meine Schwägerin Isobel hat mich angerufen und Buchanan hat mich natürlich auch längst informiert. Ich muss jetzt sofort in sein Büro kommen. Bis später."

Eilig verschwand er im Flur zu den Verwaltungs- räumen. Noch bevor er sein eigenes Büro aufge- schlossen hatte, rief ihn schon der Direktor vom Ende des Ganges.

„Keith, bitte, auf zwei Minuten!"

Die Fenster von Dugal Buchanans großem Büro gaben den Blick frei auf den alten Park mit dem schmalen Kelvin-Fluss. Narzissen und wilde Hyazinthen leuchteten auf den Wiesen, das Unterholz schmückte sich bereits mit frischem Grün. Keith zwang sich, seinen Blick nicht auf das großartige Panorama dort draußen zu richten, sondern den Chef anzuschauen, der vor seinem riesigen Mahagoni-Schreibtisch auf und ab ging.

„Die Vitrinen der St. Kilda–Sammlung sind offenbar nicht beschädigt, aber ich möchte, dass Sie hinaufgehen und sich selbst vergewissern, ob nicht doch etwas fehlt. Man hat mir berichtet, dass eine Vitrine nicht abgeschlossen war. Wir können uns doch darauf verlassen, dass Isobel Laugham es nicht ausgenutzt hat, dass Sie ihr die Schlüssel überlassen haben, ja?"

Keith versteckte seine Gereiztheit perfekt und versicherte, dass er für seine Schwägerin jederzeit die Hand ins Feuer legen würde. Sie sei doch gar nicht dazu gekommen, die Schlüssel überhaupt zu benutzen und hatte sie bei Elvira Clark auch schon vor ihrer Zeugenaussage wieder abgeliefert.
„Ja, natürlich, Frau Clark hat mir das berichtet. Trotzdem ... Ganz korrekt war es jedenfalls nicht, dass Sie einer Journalistin die Schlüssel gegeben haben. Hoffentlich bringt uns das nicht noch in Schwierigkeiten."

Dugal Buchanan konnte es einfach nicht lassen, aus einer Mücke einen bedrohlichen Elefanten zu machen, dachte Keith ärgerlich auf dem Weg zum Saal 41a. Ein schneller Blick über die Vitrinen jedoch machte auch ihn misstrauisch. Nach wenigen Minuten war er sich sicher. Vier wichtige Artefakte fehlten in den Schaukästen. Das polizeiliche Protokoll, welches die Objekte verzeichnete, die für eine kriminaltechnische Untersuchung entnommenen worden waren, führte aber nur zwei Vulkanit-Steinmesser und eine Steinaxt auf. Der wertvollste Faustkeil mit den rätselhaften eingekerbten Ornamenten fehlte jedoch ebenfalls! Noch einmal studierte Keith die Kopie des Protokolls, die Elvira Clark ihm gegeben hatte, und prüfte akribisch die Vitrinen. Es gab keinen Zweifel:

Das Skaillmesser, das er selbst am Tobar Childa oberhalb des aufgegebenen Dorfes Hirta gefunden hatte, war verschwunden.

Die Ornamente auf diesem steinzeitlichen Werkzeug aber waren es, von denen er und andere Archäologen-Kollegen glaubten, dass sie ein Verbindungsglied sein könnten zu einer legendären frühen Amazonen-Kultur. Die Überlieferungen einer solchen Kultur aus Zeiten, als das Land zwischen den Äußeren Hebriden und dem vulkanisch entstandenen St. Kilda-Archipel noch nicht versunken war, lebten bis heute in vielen Legenden an der Westküste und auf den Inseln fort.

Keith war zutiefst beunruhigt bei dem Gedanken, dass ein derart wichtiges Artefakt wirklich verschwunden sein könnte. Es wäre ein unersetzlicher Verlust für alle weiteren Forschungen im Zusammenhang mit den zahlreichen, noch nicht gelösten Rätseln der Besiedlung der Inseln. Wie Direktor Buchanan auf diese Nachricht reagieren würde, mochte er sich gar nicht vorstellen.

In den Kontakten auf seinem Smartphone tippte er auf „Isobel". Glücklicherweise nahm seine Schwägerin das Gespräch sofort an.
„Isobel, war das Skaillmesser mit den Ornamenten heute Morgen noch in der Vitrine?"
Er hörte Isobel überrascht einatmen, bevor sie nach

einem Moment des Überlegens antwortete.

„Ich kann es nicht mit Sicherheit sagen, Keith, tut mir sehr leid, aber ich habe mich gar nicht mehr auf die Stücke in der Vitrine konzentriert. Es stand jedenfalls keine der Glastüren offen, das hätte ich bestimmt bemerkt. Was ist denn los, Keith, fehlt das Messer etwa? Hat die Polizei es vielleicht zur Untersuchung mitgenommen?"

„Ja, möglicherweise haben sie nur vergessen, es im Protokoll aufzuführen. Ich hoffe es. Und bitte, Isobel, kein Wort darüber zu irgendjemandem!"

„Willst du das nicht der Polizei melden?"
„Wenn es nicht auftaucht, werde ich das wohl müssen. Lass mir noch Zeit, bevor ich deinen Callum informiere. Du kannst dir doch bestimmt vorstellen, wie sich Buchanan aufführen wird, wenn er davon erfährt."

„Vielleicht bekommt er einen Herzinfarkt", kicherte Isobel, doch sofort wurde sie wieder ernst. „Hoffentlich hat das verschwundene Skaillmesser nichts mit dem Mord zu tun, Keith! Sag, mal, was hast du eigentlich mit MEINEM Callum gemeint?"
Keith wich ihr aus.

„Kommst du heute Abend noch bei uns vorbei? Dann reden wir in Ruhe. Bis später."

Unruhig und tief in Gedanken schritt der Kurator noch einige Male an den Schaukästen entlang, dann wählte er die Nummer der Polizeibehörde und ließ sich zur Abteilung der Kriminaltechniker weiterverbinden. Die Antwort auf seine Nachfrage bestätigte seine schlimmsten Befürchtungen. Das Skaillmesser fehlte.

Isobel wird wichtig

In der Redaktion des Glasgow Telegraph wurde Isobel von den Kolleginnen und Kollegen bestürmt, alle Einzelheiten des Mordfalles im Museum zu schildern. Die Redaktionsleitung verfügte, dass nicht die stockenden Verhandlungen des Premierministers zum EU-Austritt den Aufmacher für morgen liefern würden, sondern titelte die Ausgabe des nächsten Tages in Riesenlettern „Mord im Clydesdale-Museum – Unsere Redakteurin findet die Leiche".

Isobel war längst genervt von den skandalgierigen Kollegen und hatte daher gern zum Telefon gegriffen, als Keith sie anrief. Keine fünf Minuten später zeigte das Display eine ihr unbekannte Nummer. Sie nahm auch dieses Gespräch fast erleichtert an und forderte die restlichen, immer noch herumlungernden Journalistenkollegen mit ausgestrecktem Arm auf, ihre Box des Großraumbüros zu verlassen.

„Callum Abel hier, hallo Isobel. Ich bin froh, dass ich Sie erreiche, ich könnte jetzt Ihre Hilfe gebrauchen."
Isobel registrierte sofort die formlose Anrede des Chiefinspectors, doch sie wollte es ihm nicht zu leicht machen.
„Ja, Chiefinspector, im Prinzip gerne, aber momentan ist hier der Teufel los, weil ich doch den Toten gefunden habe. Natürlich werde ich der Polizei helfen, wo ich kann. Das muss ich ja wohl."
Callum hörte die leichte Ironie und wollte wissen, wann sie etwas Zeit für ihn finden könne.
„Sie müssen auch gar nicht in unsere Dienststelle kommen, ich treffe Sie, wo Sie mögen", fügte er hinzu.

Eine halbe Stunde später saß Isobel dem Chiefinspector an einem kleinen Tisch im ‚Blacksmith' gegenüber. Isobel liebte die Atmosphäre in diesem ganz traditionellen Pub mit den bunten Zapfhähnen an der Theke, der schwarzen Balkendecke und den durchgesessenen, abgewetzten Ledersofas. Callum Abel war ohne seinen Sergeant gekommen. Nachdem er zwei Gläser Cider von der Theke geholt hatte, erklärte er, dass er gerne sehr offen mit Isobel sprechen wolle und sich deshalb auf ihre Diskretion verlassen können müsse. Einen kurzen Moment wunderte

Isobel sich über das Vertrauen, das dieser Mordermittler ihr entgegenbrachte, doch sie nickte energisch und versicherte, zu schweigen. Dann hörte sie gespannt dem zu, was der Detective für sie zusammenfasste.

McLeod war spätestens um 8.30 Uhr gestorben, und zwar durch einen kräftigen Schlag mit einem spitzen Gegenstand in die große Knochenöffnung unterhalb des Hinterhauptbeins. Er war sofort tot gewesen, daher gab es keine nennenswerte Blutlache. Winzige Spuren von Basaltstein in der Wunde würden noch genauer auf ihre Herkunft untersucht. Die Techniker und die Ermittler gingen derzeit davon aus, dass ein Werkzeug aus der Sammlung als Mordwaffe benutzt worden sei. Und nun habe Callum erfahren, dass der Kurator ein Skaillmesser aus dem Schaukasten vermisse.
„Kennen Sie das fehlende Messer? Können Sie es mir beschreiben? Und wissen Sie vielleicht irgendeinen Grund, warum Ihr Schwager Keith seinen Sponsor McLeod hätte beseitigen wollen?", fragte der Detective schließlich sehr direkt.

Empört holte Isobel tief Luft, unterdrückte aber die Worte, die ihr auf der Zunge lagen, und stellte stattdessen ärgerlich ihre Gegenfrage.
„Wie können Sie so sicher sein, dass nicht ICH die Täterin bin? Ich hatte die Vitrinenschlüssel und ich habe McLeod gefunden. Es könnte doch sein, dass

ich irgendein verborgenes Motiv für einen Mord hatte und mich im Museum versteckt gehalten habe?"

„Nein. Ich bin seit 16 Jahren Detective, ich habe genügend Erfahrung und ein zuverlässiges Bauchgefühl. Es sagt mir deutlich, dass Sie nicht die Mörderin sind. Übrigens haben Sie das Museum durch den Haupteingang betreten und um neun Uhr die erste Eintrittskarte gekauft. Davon abgesehen", Callum lächelte Isobel jetzt fast schon schuldbewusst an, „der Mörder war ungewöhnlich stark. Mit einem einzigen Schlag ins Genick hat er die Aorta vertebralis und das Rückenmark zerstört."

Isobel presste die Lippen zusammen, sie verzichtete darauf, Callum zu erklären, dass sie trotz ihrer zierlichen Figur durchaus sportlich und sehr gut trainiert war.

„Ich kann Ihnen versichern, dass Keith niemals das Skaillmesser benutzt hätte, abgesehen davon, dass er überhaupt nie morden würde! Er lehnt jede Gewalt ab, es ist völlig unmöglich, dass er ein Mörder ist." Sie starrte Callum vorwurfsvoll an. „Und wissen Sie was? Dieses Messer gilt für Archäologen als wichtigstes Artefakt der ganzen Sammlung! Es befindet sich eine Art Ornamentschrift darauf, von der die Wissenschaftler hoffen, dass sie eine Spur zu der uralten Amazonenkultur ist, die es auf den Äußeren Hebriden einmal

45

gegeben haben soll. Eine Sekunde, ich kann Ihnen ein Foto des fehlenden Messers zeigen."

Sie suchte in den Bilddateien ihres Smart-phones, vergrößerte den Bereich des Werkzeuges mit den Ornamenten und hielt dem Detective das Bild hin.

„Sehen Sie die Einkerbungen? Sie sind ein einzigartiges Zeitzeugnis und möglicherweise Vorläufer einer Schriftkommunikation. Äußerst wertvoll, kein Archäologe würde jemals riskieren, es zu beschädigen. Schlagen Sie sich Keith als Täter aus dem Kopf."

„Wann haben Sie dieses Foto gemacht?"

Isobel wurde wütend.

„Jedenfalls nicht heute Morgen!" Sie wischte zweimal über das Display. „Sie sehen doch hier das Datum. Oder meinen Sie etwa, ich habe das gefälscht? Müssen Sie mein Telefon jetzt auch noch untersuchen lassen?"

„Solche Fragen gehören zu meiner Arbeit, ich wünschte, Sie könnten das verstehen. Ich will Sie doch nicht ärgern."

Callum seufzte hörbar und tat so, als ob er sich die Haare raufen würde.

„Mein Job ist wirklich nicht einfach, Isobel. Sie können sich nicht vorstellen, wie oft ich mir deswegen schon Sympathien verscherzt habe, gerade bei Menschen, von denen ich wünschte, dass sie mich mögen."

Diese etwas rätselhafte Bemerkung besänftigte Isobel sofort, ihr Lächeln wurde von Callum herzlich erwidert, trotzdem konnte sie bei ihrer Antwort nicht auf Ironie verzichten.

„Wie unangenehm für Sie, lieber Chiefinspector! Garantiert haben Sie Ihre Frau nicht im beruflichen Zusammenhang kennengelernt, dann hätten Sie nämlich keine Chance auf Gegenliebe gehabt. Ich frage mich nur, ob Sie überhaupt jemals an etwas anderes als an Ihren Beruf denken können."

„Meine Frau?" Stirnfalten erschienen auf Callums Gesicht, als er die Brauen hochzog. „Wie kommen Sie darauf, dass ich verheiratet bin? Bin ich doch gar nicht. Ich hoffe aber ständig, dass mir die Liebe noch begegnet – womöglich sogar hier im ‚Blacksmith', wer weiß."

Er grinste. Isobel wich seinem Blick aus und kramte in ihrer kleinen Tasche, um ihre Verlegenheit zu verstecken. Mit einem Tuch putzte sie eifrig das Display ihres Smartphones. Callum Abel schob ihr seine Visitenkarte hinüber mit der Bemerkung, dass sie jederzeit auch seine Privatnummer nutzen könne, wenn sie irgendeine Nachricht für ihn habe.

„Tatsächlich ist es schwierig, bei den Ermittlungen zu einem Mordfall einmal ganz abzuschalten", fuhr er im Plauderton fort, „vielleicht würde es mir ja gelingen, wenn Sie mich zum Abendessen begleiten?"

„Ach was, für sowas haben wir keine Zeit. Viel wichtiger ist es doch, das Skaillmesser zu finden. Keith ist wirklich unglücklich über den Verlust. Finden Sie einfach das Messer, dann haben Sie auch Ihren Mörder."

Sie stand auf und sofort erhob sich auch der Detective.

„Ich werde mich sehr anstrengen", versicherte er, „weil Sie es sind, Isobel."

Sie zog zweifelnd, aber belustigt, eine Braue hoch.

Familienleben

Abends um kurz vor sechs fuhr Isobel ihren Rechner in der Redaktion herunter. Bald darauf schlängelte sie sich mit ihrem kleinen Ford durch den Feierabendverkehr an der Universität vorbei in Richtung botanischer Garten. Keith und Deirdre hatten ein Haus in Grosvernor Terrace. Isobel war gespannt, ob es Neuigkeiten zu dem vermissten Steinmesser gab und ob Deirdres versprochene Beförderung zur Abteilungsleiterin in der Universitätsbibliothek endlich offiziell war.

Als sie endlich einen Parkplatz gefunden hatte, musste sie bis zum Haus ihrer Schwester fast zweihundert Meter durch den Regen laufen. Drinnen duftete es nach Deirdres berühmtem Chicken-Curry und Isobel merkte überdeutlich, dass sie seit dem Scone-Gebäck morgens in Elviras Sekretariat noch nichts gegessen hatte.

Keith wirkte niedergeschlagen, als er ihr ein Glas Wein reichte, und sie musste gar nicht erst fragen, ob das wichtige Artefakt aufgetaucht sei. Deirdre war besser gelaunt, sie berichtete von dem neuen Vertrag als Abteilungsleiterin.

„Schwesterchen, was meinst du, wäre es unfair von mir, jetzt schwanger zu werden?"

Sie blickte aber nicht zu Isobel, sondern lächelte Keith spitzbübisch zu. Isobel kicherte.

„Neulich wolltest du noch einen Hund kaufen. Also doch stattdessen ein Baby?"

Angesichts dieser Idee seiner Frau heiterte sich sogar Keith' Laune trotz aller Sorgen auf. Später erzählte er, dass er Direktor Dugal Buchanan kurz vor Schließung des Museums über das verschwundene Skaillmesser informiert hatte. Buchanan hatte entgegen Isobels Vorhersage keinen Herzanfall erlitten, aber das führte Keith darauf zurück, dass der Direkter absolut keine Ahnung hatte, wie wertvoll und wichtig das Werkzeug für die archäologische Forschung war.

„Er hat mich aufgefordert, den Diebstahl bei der Polizei und der Versicherung zu melden, gerade so, als ob es sich bloß um eine banale Münze handeln würde!"

„Na, dann kannst du doch endlich mal froh sein über die Ignoranz deines Chefs", meinte Deirdre tröstend.

Isobel berichtete von dem Treffen mit Chiefinspector Abel am Nachmittag.

„Ich habe versucht, ihm die Bedeutung dieses speziellen Werkzeuges klarzumachen und ihn gebeten, seine Ermittlungen darauf zu konzentrieren, weil sich das Messer doch bestimmt beim Mörder befindet. Oder was meinst du, Keith?"

„Spuren von Basaltstein haben sie gefunden, sagst du? Ich wette, die stammen vom Skaillmesser. Das ist eine Katastrophe! Ich will mir überhaupt nicht vorstellen, dass der Mörder es weggeworfen hat – vielleicht in den Fluss – und das Objekt jetzt für uns verloren ist. Was will ein Laie schon damit anfangen? Außer natürlich, jemanden damit umzubringen", setzte er verbittert hinzu.

Deirdre und Isobel fühlten sich hilflos, sie wussten, wie seine Wissenschaftlerseele bei dieser Vorstellung litt.

Keith ließ die beiden Laugham-Schwestern allein und telefonierte mit drei renommierten Kollegen. Er bat sie, aufmerksam zu sein, falls das wichtige Steinwerkzeug in Fachkreisen auftauchen sollte. Der Edinburgher Archäologe Fergus Wayne verstand Keith' Sorgen gut.

„Kannst du dir irgendeinen Reim darauf machen, warum dieser McLeod ermordet wurde? Ich halte es nicht für einen Zufall, dass es im Museum genau vor deiner Sammlung und ausgerechnet mit dem Skaillmesser passiert ist. Für wen, außer uns

Archäologen, ist das Messer wichtig? Und warum traf es gerade euren Sponsor McLeod?"

„Ich weiß nur, dass die McLeods seit Jahrhunderten die Eigentümer des St. Kilda-Archipels waren. Ach ja, es sind auch Gerüchte im Umlauf, dieser Lord hätte einen historischen Abenteuerpark auf einer der kleineren Inseln geplant. Allerdings wohnt da schon seit 1930 kein Mensch mehr, es gibt nur noch Schafe und Vogelkolonien dort."

„Hm, du meinst, militante Tierschützer könnten dahinter stecken?"

Fergus hatte Keith' Gedanken sofort erfasst.

Drei Meilen entfernt inspizierte der Chiefinspector seinen Kühlschrank, um sich ein Abendessen zu machen. Auch er dachte darüber nach, ob Vogelschützer imstande wären, einen Menschen zu töten, wenn sie ihn als Gefahr für Brutgebiete ansahen. DS Lennox McAllister hatte ihn auf die Idee gebracht, nachdem Callum vom Treffen mit Isobel ins Büro zurückgekommen war.

Der Sergeant hatte während seiner Abwesenheit fleißig im Internet zu der Inselgruppe recherchiert. Nur auf der Hauptinsel Hirta lebten seit 1957 wieder einige Menschen, die auf der militärischen Überwachungsstation arbeiteten. Die gesamten Inseln waren inzwischen zum nationalen Naturschutzgebiet und zur Weltnaturerbestätte erklärt worden. Auf den Inseln befanden sich die größten Sturmvogelkolonien, auch bedeutende

Bestände an Papageientauchern und Basstölpeln brüteten und lebten dort.

„Ich kann mir vorstellen, dass die Vogelschützer ziemlich wütend sind, falls Liard McLeod wirklich einen Abenteuerpark dort plante", hatte Lennox gesagt.

Callum Abel hatte daraufhin seinen Sergeant beauftragt, am nächsten Morgen Kontakt aufzunehmen mit den entsprechenden Naturschutzorganisationen und dem National Trust, der die Inseln verwaltete. Vielleicht ergäben sich Hinweise auf ein Mordmotiv.

Der Chiefinspector hatte ein starkes Bedürfnis, seine Idee mit Isobel zu besprechen, unterdrückte aber den Impuls, sie anzurufen. Erstens war es schon spät und zweitens hätte er keinen vernünftigen Grund für den Anruf nennen können. Seines Wissens war Isobel keine Expertin für Basstölpel oder andere Seevögel. Gegen das plötzliche Gefühl von Einsamkeit schaltete er das Fernsehgerät ein.

Mittwoch: Noch ein Mord

Keith war früh zur Arbeit gefahren. Ausnahmsweise hatte Gladys ihn nicht in der Eingangshalle aufgehalten und er konnte sofort mit den Formularen für die Verlusterklärung an die Versicherung beginnen. Zehn Minuten später klopfte es an seiner Bürotür, nur zögernd wurde sie geöffnet, nachdem er „Herein" gerufen hatte. Elvira Clark und die Ticketverkäuferin Amanda blieben nahe an der Tür stehen, sie wirkten unsicher. Keith stand auf und ging ihnen entgegen.

„Mr. Fraser, wir machen uns Sorgen, weil Gladys noch nicht zur Arbeit erschienen ist. Sie nimmt auch keinen Anruf an. Vielleicht ... wir dachten ... ob Gladys Sie benachrichtigt hat? Sie erzählt Ihnen doch so viel ..."
Elvira hatte Mühe, einen kompletten Satz zu formulieren oder ihm in die Augen zu sehen, offensichtlich war es ihr sehr peinlich, Keith zu

fragen. Amanda, die Kassiererin, nickte heftig zu Elviras Worten.

„Hat Gladys Ihnen vielleicht etwas davon gesagt, dass sie heute nicht kommen kann? Der Shop muss doch geöffnet werden!"

Keith begann zu schwitzen, er spürte, wie sich kleine Schweißperlen auf seiner Stirn bildeten. Das hatte ihm gerade noch gefehlt, dass die Kollegen ihn als engen Freund von Gladys Henderson betrachteten.

„Meine lieben Damen, ich habe überhaupt keine Ahnung von Gladys Hendersons privaten Plänen. Sie kennen Gladys doch viel besser als ich", versuchte er die Situation zu retten. „Vielleicht ist sie nur verspätet oder krank."

„Aber sonst hat sie immer jedes Telefongespräch angenommen!"

Elviras Stimme schloss jeden Zweifel daran aus, dass etwas Ungewöhnliches vorgefallen sein musste.

„Wenn Sie so besorgt sind und nicht länger warten können, dann bleibt wohl nichts anderes, als dass jemand nachschaut, oder? Bitte sprechen Sie doch mit dem Direktor, ob Sie zu Gladys hinausfahren und nachsehen können, Elvira. Gladys' Adresse ist doch sicherlich in Ihren Unterlagen?"

Keith atmete lange aus, als er die Frauen abgewimmelt und die Tür hinter ihnen geschlossen hatte.

Wie eine Bombe platzte schon eine knappe Stunde später die Nachricht von Gladys' Tod in den friedlichen Betrieb des Clydesdale-Museums. Die Sekretärin Elvira Clark hatte die Verkäuferin ermordet in ihrem Hause aufgefunden. Und kaum zwanzig Minuten, nachdem Dugal Buchanan mit der schockierenden Neuigkeit ins Büro seines Kurators geeilt war, öffnete sich fast zeitgleich mit einem scharfen Klopfen erneut die Tür zu Keith' Büro.

Zwei Männer traten forsch ein. Der ältere der beiden könnte einen Frisör für sein struppiges Haar gebrauchen, dachte Keith unwillkürlich, der andere war ein sehr schlanker, drahtiger Typ und höchstens 25 Jahre alt. Jeder Gedanke an die Frisur seines Besuchers verging Keith, als Chiefinspector Abel ihm seinen Dienstausweis hinhielt. Mit einer Kopfbewegung deutete er auf den jüngeren Lennox und stellte ihn als DS McAllister vor.

„Wir haben uns gestern ja noch nicht kennengelernt", leitete der Detective das Gespräch ein, „und man sagte mir, dass Sie Gladys Henderson gut kannten, deswegen möchte ich mit Ihnen beginnen."
„Was ist eigentlich passiert? Ich habe gerade erst erfahren, dass die Verkäuferin tot ist, und ehrlich gesagt, bin ich noch ziemlich schockiert", antwortete Keith.
„Nun, wir haben jetzt einen zweiten Mord, der mit

diesem Museum zusammenhängt. Die Tatwaffe könnte auch dieses Mal das verschwundene Steinzeitmesser sein. Sie verstehen, was das bedeuten kann?"

Keith war blass geworden. Er rang um Fassung und schritt aufgeregt zwischen Schreibtisch und Fenster hin und her.
„Mein Gott, glauben Sie, ein Serienmörder hat es auf die Leute in unserem Museum abgesehen?"
Der Chiefinspector blieb gelassen.
„Das ist wirklich noch nicht zu beurteilen, ob es um das Museum geht oder ob Sie, Mr. Fraser, im Mittelpunkt stehen. Natürlich ist uns aufgefallen, dass Sie mit beiden Mordopfern zu tun hatten."
Keith ignorierte die Bedeutung dieser Antwort des Chiefinspectors, ihn interessierte etwas anderes ganz dringend.
„Wie ist Gladys denn gestorben? Was hat man ihr angetan?"

Callum Abel presste die Lippen zusammen, weil er sofort das Bild der toten jungen Frau wieder vor Augen hatte. Fast nackt und nur in einen Morgenmantel gekleidet hatte sie gleich hinter der Haustür in einer großen Blutlache gelegen. Die Spuren zeigten an, dass sie im Durchgang zur Küche angegriffen worden war und noch versucht hatte, nach draußen zu gelangen. Das linke Auge in ihrem jungen Gesicht war von einer schlimmen, seitlichen Wunde verwüstet, das Blut war bis zum offenen

Mund hinuntergeströmt. Ihre wirr auf dem Boden ausgebreiteten blonden Haare waren ebenfalls blutdurchtränkt gewesen und das Mobil-telefon hatte neben dem Körper gelegen. Sie musste es bis zuletzt in der Hand gehalten, es aber nicht mehr geschafft haben, den Notruf zu wählen.

Offenbar hatte ihr Mörder das Haus durch den Haupteingang betreten und wieder verlassen, denn die Terrassentüren, der Gartenausgang und die Fenster waren von innen verschlossen. Es gab keine Einbruchsspuren. Anscheinend hatte die junge Frau ihren Mörder selber hereingelassen. Gäste oder andere Personen waren nicht aus dem Haus gekommen, hatte Elvira Clark berichtet, die wie ein Häufchen Elend auf den Stufen zum Eingang hockend auf die Polizei gewartet hatte. Gladys war im Flur ihres Hauses qualvoll und einsam gestorben.

Der Detective fuhr sich kurz mit der Hand über die Augen und richtete seinen Blick wieder auf Keith.

„Sie ist erschlagen worden. Laut Polizeiarzt wurden ihr Schläfenbein und das Siebbein mit großer Wucht zertrümmert. Als Tatwerkzeug kommt ein Gegenstand wie Ihr Skaillmesser durchaus infrage."

„Mein Gott, wie entsetzlich! Aber weshalb verdäch-tigen Sie mich? Alle hier kannten Gladys – und die meisten kannten auch unseren Sponsor McLeod. Fast jeder hätte das Werkzeug aus der Vitrine nehmen können!", wehrte sich Keith.

„Mrs Henderson wurde in ihrer Wohnung angegriffen, und zwar während der ganz frühen Morgenstunden. Sie kannten Mrs Hendersons Wohnung doch, oder?"

Die Bücherregale an der Wand verschwammen vor Keith' Augen, ihm wurde schwindelig. Schnell setzte er sich in seinen Stuhl und forderte seine Besucher mit schwacher Stimme auf, ebenfalls Platz zu nehmen. Seine Gedanken rasten und mehr als je zuvor verfluchte er jene unselige Nacht, als er Gladys nicht widerstanden hatte. Er seufzte tief.

„Ich werde Ihnen erklären, was wirklich los war, aber weder meine Schwägerin Isobel Laugham noch – insbesondere! – meine Frau dürfen das jemals erfahren. Können Sie mir das zusichern? Denn ich bin keineswegs der Mörder."

Im Gesichtsausdruck des Chiefinspectors schienen sich Skepsis und Mitleid zu mischen.

„Wenn es nicht zu einer Anklage gegen Sie kommt, können wir Ihre Affäre für uns behalten."

Keith straffte die Schultern und erklärte, dass es sich nicht um eine Affäre, sondern um ein einmaliges Fehlverhalten von ihm gehandelt habe. Obwohl es ihm sehr peinlich war, beschrieb er, wie es dazu gekommen war, dann betonte er, wie sehr er seine Ehefrau liebe und den Vorfall bedauere.

„Glauben Sie mir, so etwas passiert mir nie wieder!", endete er.

Callum Abel unterdrückte mit Mühe ein Schmunzeln und nickte nur. Dann wollte er wissen, ob Keith irgendeine Erklärung dafür habe, warum sein Fund von der St. Kilda-Insel als Mordwerkzeug benutzt worden sei.

„Die Laborergebnisse haben inzwischen bestätigt, dass die Spuren des bei McLeod verwendeten Werkzeuges vom gleichen Vulkanitgestein stammen, wie es auf Hirta vorkommt. Das Skaillmesser wurde doch sicher dort angefertigt, oder?"

„Ja, es stammt von dort", murmelte Keith.

„Wir können also davon ausgehen, dass die Tat mit dem verschwundenen Messer begangen wurde. Übrigens erwarten wir das gleiche Ergebnis nach der Analyse der Spuren an Mrs. Hendersons Leiche. Warum also geschehen Morde ausgerechnet mit Ihrem Steinzeitwerkzeug?"

„Ich weiß es einfach nicht! Ich habe wirklich keine Ahnung, was der Grund dafür ist. Wenn beide Morde mit dem Skaillmesser begangen wurden, werden es wohl kaum die Vogelschützer gewesen sein. Ich hatte nämlich schon überlegt, ob es um das Verhindern von McLeods Plänen geht, auf der Insel Soay einen Freizeitpark zu errichten. Aber warum Gladys? Sie hat damit doch gar nichts zu tun, soweit ich weiß."

„Sie hatte im vorigen Sommer geschäftliche

Besucher von Liard untergebracht", meldete sich Lennox zu Wort, „vielleicht war sie in die Pläne eingebunden?"

„Mir hat sie davon jedenfalls nichts erzählt", bemerkte Keith, „und sie war außergewöhnlich gesprächig, glauben Sie mir."

Der Chiefinspector erhob sich und auch DS McAllister und Keith standen auf.

„Sagen Sie, Mr. Fraser, sind die Grabungen auf Hirta eigentlich vollständig abgeschlossen?"

„Nein. Wir würden gerne ab dem Frühsommer dort weiterarbeiten, der schottische National Trust hat bereits zugestimmt, aber es fehlt noch eine Genehmigung von der Armeestation. Es gibt Siedlungsreste aus der Bronzezeit auf der Insel mit hochinteressanten, sogenannten Feenhäusern sowie weitere Gebäude mit einzigartigen hornförmigen Wänden, aber auch Grabstätten, die wir noch nicht untersucht haben. Sogar Tonscherben und Schmuck aus dem Neolithikum haben wir schon gefunden. Wir sind sicher, dass es für uns Archäologen dort noch viel mehr zu entdecken gibt", schwärmte Keith, „ab Mai werden wir wieder rausfahren und alternativ auf Soay graben, falls die Genehmigung für Hirta dann immer noch aussteht."

‚Frasers Passion für seinen Beruf ist überzeugend', dachte Callum Abel, als er sich verabschiedete.

Die anschließende Befragung von Gladys Kolleginnen ergab keinerlei neue Hinweise. Niemand von ihnen war privat mit Gladys befreundet gewesen, niemand konnte sich vorstellen, warum die junge Frau ermordet worden war.

„Vielleicht hat sie einen Einbrecher ertappt", so oder ähnlich lauteten die Vermutungen der Arbeitskollegen. Die Chefin der Saalaufseherinnen meinte allerdings, dass Gladys sich mit Elvira Clark gut verstanden hätte. Möglicherweise wüsste Elvira mehr von Gladys' Privatleben.

Die Sekretärin schien zwar immer noch zutiefst schockiert über Gladys' Tod zu sein, bestritt bei der Befragung jedoch eine persönliche Freundschaft mit Gladys Henderson.

„Aber sie war schließlich ein Mitglied unseres Teams, immer offen und freundlich – es ist alles so traurig", schniefte Elvira und tupfte sich die Augen.

„Sie meinen, es gab überhaupt nichts an Mrs Henderson auszusetzen?"

„Nun ja. Sie war sehr neugierig. Einmal habe ich sie erwischt, als sie in meinen Unterlagen schnüffelte."

„Wissen Sie, wonach Gladys Henderson gesucht hat?"

Callum Abels Frage kam so schnell herausgeschossen, dass Elvira erschrak.

„Es war die Schublade mit meinen persönlichen Dingen. Dort gibt es nichts, was irgendjemanden interessieren könnte! Sie hat behauptet, eine Urlaubsliste zu suchen, und sich tausendmal entschuldigt. Nun ja ..."

Callum Abel und Sergeant McAllister hatten keine Zweifel, dass sämtliche Mitarbeiter erschrocken waren, einige sogar so verängstigt, dass sie wünschten, das Museum zu schließen. Davon wollte Direktor Buchanan natürlich nichts wissen und auch die Detectives sahen keinen Anlass für eine derartige Maßnahme. Um die Leute zu beruhigen, versprach der Chiefinspector, einen Polizisten zu schicken, der in den nächsten Tagen während der Öffnungszeiten für Sicherheit sorgen sollte.

Ohne Motiv keine Spur

„Eines steht mal fest", meinte Lennox auf dem Rückweg, während er das Auto geschickt durch den dichten Verkehr in der City fädelte, „dieser Keith Fraser fühlte sich von Gladys Henderson belästigt. Außerdem hasst er den Gedanken, dass seine uralten Mauern und Scherben durch einen Abenteuerpark überbaut werden könnten. Davon bin ich überzeugt."

Callum stimmte zu, gab aber zu bedenken, dass Keith Fraser bestimmt klügere Methoden gefunden hätte, sich nerviger Zeitgenossen zu entledigen und ganz bestimmt würde er nicht ein Werkzeug dafür benutzen, das für ihn als Archäologen derart wertvoll war.

„Das passt nicht zu ihm. Wenn ich nur wüsste, was wirklich hinter den Morden steckt. Die Tatwaffe deutet irgendwie auf etwas Symbolisches hin. Aber auf was?"

Die Polizeitechniker hatten Gladys Smartphone schon ausgelesen, als die Detectives in die Dienststelle zurückkamen. Callum Abel nahm sich die Auflistung vor. Besonders häufig hatte Gladys nicht telefoniert. Aus den letzten Wochen waren drei kurze Gespräche mit Elvira Clark darunter, einige mit ihren Eltern in einem Dorf an der Westküste, Kontakte zu einem Klempnerbetrieb in der Stadt und mehrere abendliche Gespräche mit einer Freundin in Edinburgh, wie die Überprüfung der Anschlüsse ergeben hatte. Keith Fraser war lediglich Ende Dezember zweimal von ihr angerufen worden.

DS McAllister schaute seinem Chef bei der Durchsicht über die Schulter und tippte auf den Eintrag einer Google-Maps-Suche. Zweimal hatte Gladys sich im letzten Monat vom Navigator zum Loch Awe an der Straße nach Inverarey leiten lassen. Auf Google Earth stellte Lennox fest, dass der Zielort eine Farm mit Grasland und Ponys war. „Komisch, dass sie so weit gefahren ist, bloß, um dort zu reiten. Sonst gibt es da doch weit und breit nichts anderes! Und falls sie eine begeisterte Trekkerin war ... zum Wandern gibt es auch hier genug Gelegenheiten. – Na ja, sie wird ihre Gründe gehabt haben", kommentierte er achselzuckend. Callum bat ihn, bei der Farm anzurufen, um sich zu vergewissern.

Eine Kenzy Cameron meldete sich und erklärte schroff, die Chefin zu sein. Sie war wortkarg, abweisend und extrem unfreundlich. Kurz angebunden gab sie zu, dass eine Gladys Henderson einige Male dagewesen sei, um für die Wettbewerbe zu trainieren, die man auf der Ponyfarm jeden Monat veranstalte. Seit drei Wochen jedoch sei Gladys nicht mehr erschienen, sie habe sich mit den anderen Damen in der Gruppe nicht verstanden. Diese Informationen konnte DS McAllister ihr nur äußerst mühsam entlocken.

Chiefinspector Abel war ratlos, es ließ sich einfach kein Anhaltspunkt für den Mord an Gladys finden. Lennox war noch so verärgert über die unhöfliche Farmerin, dass er sich eine bitterböse Bemerkung nicht verkneifen konnte.
„Ehrlich gesagt, Chef, diese Kenzy Cameron klingt extrem grob und feindselig! Solch einer garstigen Frau würde ich jeden Mord zutrauen. Man ist ja einiges gewöhnt von den Bauern da draußen, aber diese Frau toppt alles! Kein Wunder, dass Gladys Henderson sich nicht mit ihr verstanden hat."

Callum grinste.
„Armer Lennox! Hat sie dich übel abblitzen lassen? Vielleicht mag sie bloß keine jungen Polizisten. Ob ich wohl mehr Glück bei ihr hätte?"
Lennox hatte Wasser in die Kaffeemaschine gefüllt und schaltete sie ein.
„Versuchen Sie es doch! Ich würde liebend gerne

dabei sein, wenn auch Sie von ihr niedergemacht werden."

Donnerstag: Der Erbe

Kenrick McLeod, der Erbe des ersten Mordopfers, war am Vortag aus London angereist und meldete sich gegen elf Uhr telefonisch bei der Polizeidienststelle. Chiefinspector Abel suchte ihn nach dem Lunch in seinem Hotel auf. Er war überrascht, dass er auf einen schmächtigen Mann um die Fünfzig traf, der gerade etwa 160 cm Körpergröße erreichte, fast kahlköpfig war und sehr helle, wässrig-blaue Augen hatte. Dieser Mann entsprach überhaupt nicht dem Bild eines urwüchsigen Schotten.

Seine Manieren jedoch waren ausgezeichnet, vielleicht sogar ein wenig übertrieben geschliffen, als er den Detective mit ziemlich hoher Stimme begrüßte, ihn in den kleinen Salon der Suite bat und ihm einen der geblümten Sessel zurechtrückte.

Als Cousin war Kenrick McLeod der nächste Verwandte des Verstorbenen. Er sei nach Glasgow gekommen, um sich mit dem Familienanwalt zu beraten und die Überführung des Toten zur Bestattung auf Harris vorzubereiten. Selbstverständlich wolle er bei dieser Gelegenheit zunächst erfahren, wann der Körper seines Cousins vom Staatsanwalt freigegeben werde, erläuterte er dem Chiefinspector in fein gesetzten Worten. Insgeheim wunderte sich der Detective, dass Kenrick McLeod weder nach dem Ermittlungsstand noch einem mutmaßlichen Mörder fragte.

„Es könnte noch einige Tage dauern, befürchte ich, wir haben nämlich einen zweiten Mord mit vermutlich der gleichen Waffe. Sie verstehen unser Problem?", entgegnete der Chiefinspector und setzte nach: „Am besten bleiben Sie solange hier in der Stadt."
Auf seine Frage, ob Kenrick sich irgendeinen Grund vorstellen könne, warum sein Cousin ermordet worden war, schüttelte der kleine Mann energisch den Kopf.
„Soweit ich weiß, war Roarke hier oben bei der Landbevölkerung immer sehr beliebt, mir ist kein Streit bekannt, auch hatte er keine Affären, die mir aufgefallen wären. In der Familie – soweit noch etwas davon übrig ist – hieß er stets ‚der brave Roarke'", an dieser Stelle kicherte der Mann affektiert, ehe er fortfuhr, „er gefiel sich als

69

Wohltäter und genoss die Bewunderung der Inselbewohner."
Callum nickte, aber ihm schien so etwas wie Verachtung aus den Worten des Erben zu klingen.

Anschließend bat er den kleinen Mann um alle Auskünfte, die er zu den Geschäftsaktivitäten seines Cousins geben könnte. Es zeigte sich, dass die McLeods keine engen Beziehungen unterhalten hatten, jedenfalls konnte oder wollte der Cousin nichts Konkretes zu Roarke McLeods Finanzgeschäften sagen. Er selbst halte sich in eigenen Geschäften meistens in London auf. Vom geplanten Abenteuerpark wusste er nicht mehr, als es die bisherigen Gerüchte schon hergegeben hatten. Doch der zukünftige Liard versprach, dem Chiefinspector jegliche diesbezüglichen Informationen weiterzugeben, falls der Familienanwalt Genaueres darüber wüsste.

Callum fragte sich, ob der Erbe wirklich so ahnungslos war, wie er sich gab. Schließlich hatten früher doch beide McLeods auf Harris gelebt und Kenrick erwartete sicherlich ein bedeutendes Erbe. In Gedanken notierte er, Lennox recherchieren zu lassen, wie es um die finanzielle Situation des Erben stand. Laut fragte er: „Welche Art Geschäfte betreiben Sie in London?"
Kenrick McLeod verzog das Gesicht, als ob ihn diese plumpe Frage schmerzte.
„Ich bin ein sehr erfolgreicher Finanzberater und

wickle Börsengeschäfte für meine Klienten ab."
‚Ein aalglatter Typ', dachte der Chiefinspector auf dem Rückweg ins Büro.

Sergeant McAllister war währenddessen fleißig gewesen, hatte telefoniert und das Internet durchforstet. Er strahlte seinen Chef an und schien Neuigkeiten zu haben. Callum war wieder einmal ein bisschen neidisch auf seinen jungen Mitarbeiter, der anscheinend über besondere Tricks verfügte, dem Internet Informationen zu entlocken. Die technische Abteilung hatte dem Sergeant Gladys Laptop überlassen, es stand nun aufgeklappt auf seinem Schreibtisch.

„Das Passwort haben wir geknackt Chef, war nicht schwierig, Vorname und Geburtsdatum der Mutter. Für den Facebook-Zugang nutzte sie ausgerechnet ‚Clydesdale-Museum'."
„Und? Hinweise gefunden?"
„Ein paar alberne, schlüpfrige Chats mit zwei Männern, einer davon aus Kanada, der andere aus Neuseeland, falls die Profile stimmen. Aber da ist nichts, was einen Mann veranlassen könnte, für einen Mord hierher zu reisen. Stattdessen haben wir aber eventuell eine Verbindung zu St. Kilda. Jedenfalls hat Gladys sich für die Geschichte und Überlieferungen der Hebriden und von St. Kilda sehr interessiert, das Thema muss sie regelrecht fasziniert haben. Sie war offenbar auf allen auffindbaren Seiten dazu, und zwar immer wieder."

Callum überlegte. „Hmm … vielleicht wollte sie nur diesen Keith mit Wissen beeindrucken. Was sonst könnte an dem Thema so spannend für sie sein? Trotzdem, wir müssen das im Kopf behalten. Gut gemacht, Lennox."

Als der Sergeant berichtete, was er über Kenrick McLeod herausgefunden hatte, spannten sich Callums Nackenmuskeln wie bei einem Jagdhund, der Witterung aufnahm.

Dass der neue Liard eine Beziehung mit einem Mann unterhielt, wunderte den Chiefinspector nicht, aber dass er seine Londoner Wohnung verkauft hatte und zu seinem Freund in eine billige Vorort-Wohnung gezogen war, ließ auf große finanzielle Probleme schließen. Die Bankauskunft bestätigte diesen Verdacht.

„Das wäre ein verdammt gutes Motiv, den Cousin Roarke um die Ecke zu bringen und so an das Erbe zu kommen", fasste Callum zusammen, zweifelte aber sofort an dem Gedanken.

„Wenn Kenrick seinen Verwandten geplant ermordet hätte, warum sollte er dazu ausgerechnet ein Skaillmesser aus der Steinzeit benutzen? Und warum musste er auch diese Gladys Henderson töten?"

Er holte die Besucherkarte von Kenrick aus der Brusttasche und betrachtete die in Gold geprägten Lettern darauf. Es war noch die alte Adresse in Kensington angegeben sowie ein

Postfach. Er bat seinen Sergeant, im Hotel anzurufen und zu fragen, ob McLeod noch im Hause sei. Dies war der Fall.

„Komm mit, Lennox, wir gehen noch mal rüber ins Hotel, ich will wissen, wo der aalglatte Kenrick vor zwei Tagen gewesen ist."

Dieses Mal kam McLeod zu ihnen in die Halle hinunter. Er hatte sich offensichtlich schon für den Besuch beim Anwalt angekleidet, aus der Brusttasche seines dunkelblauen Jacketts lugte ein fliederfarbenes Stecktuch hervor, seine schwarzen Schuhe blitzten wie nagelneu.

„Ich bin in Eile und habe nur eine Minute für Sie übrig, was gibt es denn noch? Wir beide kennen uns aber bisher nicht?", wandte er sich an Lennox, der erschrocken seinen Dienstausweis zog und sich vorstellte. Kenrick McLeod zeigte auf eine Sitzgruppe goldener Sessel hinten in der Halle und ging voraus.

„Tut mir leid, ich hätte Sie schon eher danach fragen sollen und wir werden Sie gar nicht unnötig aufhalten. Sagen Sie mir doch einfach, wo Sie in den frühen Morgenstunden am Dienstag vor zwei Tagen gewesen sind. Dann wären wir schon fertig. Sie erinnern sich doch hoffentlich?"

Lennox staunte über seinen Chef, er spürte, dass er und der neue Liard sich irgendwie belauerten. Für einen kurzen Moment zog Kenrick die Brauen zusammen, dann glättete sich sein Gesicht schon wieder.

„Ich brauche also ein Alibi für den Mordtag, ja?", fragte er gedehnt. „Nun, das ist kein Problem, lassen Sie mich nachdenken."

Callum verzog keine Miene, er nickte bestätigend, sah den Erben unbeweglich an und wartete.

„Morgens um neun war ich in der City, das könnte Ihnen mein Klient bestätigen, wenn er einverstanden ist, dass ich seinen Namen nenne. Wir haben anschließend in seinem Club gefrühstückt."

„Können Sie mir den Club nennen?" unterbrach der Chiefinspector, „dann haben wir das nämlich schnell geklärt. Und die Nacht zuvor waren Sie ebenfalls in London?"

McLeod richte den Oberkörper steif auf. Lennox war sich nicht sicher, ob dies eine Reaktion auf die indiskrete Frage war, oder ob der Erbe durch diese Nachfrage alarmiert und verunsichert war.

„Wir möchten Sie gerne als Täter ausschließen können", behauptete Callum beschwichtigend und Kenrick gab nach.

„Ich bin Montag erst spät abends aus Norwich zurückgekommen und habe bis sieben Uhr geschlafen – und ja, es gibt einen Zeugen dafür", erklärte er sichtlich gepeinigt. „Hier haben Sie die Telefonnummer."

Er kritzelte die Nummer auf einen Zettel, den Lennox ihm gereicht hatte, dann machte er die

Andeutung einer Verbeugung und schritt zum Ausgang.

„Ich frage mich, was die Leute auf Harris wohl von diesem neuen Liard halten", grinste Lennox McAllister, nachdem der kleine Mann verschwunden war.

„Gute Idee! Wir sollten das möglichst bald herausfinden. Ich wollte schon immer mal Harris und Lewis besuchen. Warum nicht auf einer Dienstreise?"

Lennox stöhnte innerlich. Er war nicht seefest und hoffte, nicht bei schlechtem Wetter mit der Fähre zu den Äußeren Hebriden übersetzen zu müssen.

Geheimnisse von St. Kilda

Sergeant McAllisters akribische Überprüfung von Kenrick McLeods Alibi bestätigte dessen Angaben. Auch für den Mord an Gladys kam er nicht infrage, denn er hatte am Mittwoch nachweislich die erste Maschine von Luton nach Glasgow genommen. Als Gladys starb, musste er auf dem Weg zum Flughafen gewesen sein. Fast war Callum enttäuscht über das eindeutige Ergebnis. Es tröstete ihn auch kaum, dass sein Sergeant laut überlegte, ob Kenrick McLeod einen Komplizen hatte, vielleicht den Londoner Freund, um sich nicht selbst die Finger schmutzig zu machen.

Das Telefon auf seinem Schreibtisch summte. Der Laborchef, mit dem Callum manchmal im Pub ein Bier trank und Dart spielte, fragte nach, ob er jemanden mit dem neuen Bericht im Mordfall Gladys Henderson vorbeischicken solle.
„Komm, Paddy, jetzt sag es schon! War es das

Steinzeitmesser?"

„Jedenfalls haben wir das gleiche Vulkanit-Material von St. Kilda gefunden wie an McLeods Leiche. Das dürfte deine Arbeit immerhin erleichtern, du musst bloß einen Mörder finden, nicht zwei. Freust du dich nicht darüber?"

Paddys Ironie war nicht zu überhören.

„Pah! Ihr habt es gut in eurem Laborbunker, ihr müsst dieses verflixte Werkzeug ja nicht finden, sondern nur irgendwelche Computerprogramme arbeiten lassen. Bis ich den Mörder habe, wird es nichts mit Dartspielen, tut mir leid."

„Na, dann werde ich mal wieder meine Programme arbeiten lassen. Und du hältst mich auf dem Laufenden, wann du deine Arbeit erledigt hast, ja? Der Praktikant müsste mit dem Bericht eigentlich schon oben bei euch vor der Tür stehen. Bis dann."

Lennox hatte den Bericht inzwischen in Empfang genommen. Gemeinsam lasen sie, was der Laborleiter bereits berichtet hatte. Die Material-spuren in Gladys' Wunde waren von Alter und Struktur her identisch mit jenen an Roarke McLeods Leiche.

„Bevor wir weitere Zeit mit Kenrick und seinem Lover vergeuden, konzentrieren wir uns lieber auf die Tatwaffe. Das hat mir Isobel Laugham bereits eindringlich geraten und ich glaube, sie hat Recht. Ich spüre geradezu, dass der Schlüssel zu den Morden dieses alte Skaillmesser ist. Es muss doch einen Grund dafür geben, warum ausgerechnet ein Steinzeitwerkzeug aus dem Museum dafür ausgewählt wurde. Ich will das verflixte Teil finden, bevor es weitere Morde damit gibt!"

Callum Abel war ungeduldig, seine Anspannung wuchs mit jeder Stunde, die ergebnislos verstrich. Er wollte so schnell wie möglich alles wissen, was irgendwie mit dem Werkzeug zu tun hatte.

Entschlossen griff er zum Handy und tippte auf Isobels Namen in der Kontaktliste. Hoffentlich würde sie noch in ihrer Redaktion sein. Sein Optimismus wurde belohnt. Isobel begrüßte ihn herzlich direkt mit dem Vornamen, sie hatte also seine Telefonnummer ebenfalls gespeichert, registrierte er zufrieden.

„Das ist wunderbar, dass Sie sich melden, Callum, ich hätte Sie nämlich vor Feierabend auf jeden Fall selber noch angerufen. Mich lässt es nicht los, dass die Morde mit diesem Steinzeitmesser von Hirta begangen wurden. Zum Glück findet mein Redaktionschef die Idee gut, dass ich ausführlich die alten Legenden von den St. Kilda-Inseln recherchiere und darüber berichte. Das Thema interessiert die Leute jetzt nach den Morden nämlich sehr", erklärte sie.

„Ich bin sicher, Sie haben schon etwas Interessantes herausgefunden und bin sehr gespannt darauf! Was halten Sie von einem Treffen?"

Callum Abels Herz klopfte etwas schneller nach

diesem mutigen Vorstoß, aber Isobel war sofort einverstanden.

Sie trafen sich vor dem „Blacksmith". Der Chiefinspector spürte leichte Gewissensbisse, denn Isobels Anblick erfreute ihn mehr, als es die berufliche Situation erlaubte. Er nahm sich vor, die Aussagen und Informationen der hübschen jungen Frau genauso objektiv zu behandeln wie jede andere Zeugenaussage und schob damit seine professionellen Skrupel beiseite. Weil Isobel hungrig war, ließ sie sich nach kurzem Zögern von Callum ins beste chinesische Restaurant in der Fußgängerzone Buchanan Street einladen.

Zwischen den einzelnen Gängen sprudelte Isobel förmlich über, als sie Callum Abel begeistert von den Inseln erzählte.
‚Sie ist eine schöne Frau, klug und mit viel Temperament', schoss es ihm durch den Kopf, ‚mit ihr könnte ich leben. Ob sie sich auch in mich verlieben kann? Wenn ich bloß diese Morde schon aufgeklärt hätte!'
Es waren daher weniger die Inseln, als die Erzählerin, die ihn hingerissen lauschen ließ.

Der St. Kilda–Archipel war schon seit über 2000 Jahren bewohnt, manche Reste von Steinzeitsiedlungen, Grabstätten, aber auch uralte mysteriöse Werkzeuge und Schmuck waren aus dieser Zeit gefunden worden. Es gab noch die Reste von eigenartigen, steinernen Siedlungsanlagen mit hornförmig gebogenen Mauern um die Höfe. Später, seit der Antike, besiedelten Kelten die Inseln und ab dem frühen Mittelalter waren Wikinger hinzugekommen, was die typischen Gebäudereste dieser Völker bewiesen. Sogar die magischen Firbolgs mit ihren kämpferischen Göttern hatten von Irland aus den Weg bis auf die einsame Inselgruppe gefunden, berichtete Isobel schelmisch. Geologen hatten festgestellt, dass die vulkanischen Inseln vor langer Zeit noch durch Landbrücken verbunden waren, bevor der Vulkanring sich senkte und der Meeresspiegel anstieg.

„Und hier kommen die Amazonen ins Spiel!" Diesen Satz feuerte Isobel mit leuchtenden Augen wie einen dramatischen Höhepunkt ab, während die Kellnerin unbeirrt sorgsam die Entenbrust servierte.

„Die Amazonen?" Callum schien etwas erschrocken zu sein.
„Wie? Sie werden doch keine Angst vor starken Frauen haben!"
Sie warf ihm einen provozierenden Blick zu.
„Im Gegenteil, ich genieße Ihre Gesellschaft sehr", konterte Callum.
Isobel ignorierte das. „Dieses Fleisch ist perfekt gebraten", lobte sie stattdessen ihr Essen, doch bevor Callum entsprechend antworten konnte, schwenkte sie unvermittelt zum Thema Amazonen

zurück.

„Wenn Sie die Amazonen doch so sehr mögen, dann müssen wir unbedingt nach St. Kilda fahren, da soll es nämlich noch welche geben."

Sie grinste und erzählte Callum die ganze Geschichte.

In den alten Zeiten lebte ein Amazonenvolk auf den Inseln. Diese Frauen waren wild und besessen von ihren legendären Pferderennen. Bei Ebbe jagten sie ungestüm auf ihren kaum gezähmten Ponys über den Vulkanring, dass die Pfützen nur so aufspritzten und alle Vögel und Robben die Flucht ergriffen. Besonders liebten die Amazonen nächtliche Wettrennen bei Vollmond über die inzwischen versunkene Landzunge bis nach Harris, dann kannte ihre leidenschaftliche Lebensfreude keine Grenzen mehr.

Manchmal entführten die Amazonen einen Fischer, der den Inseln zu nahe gekommen war und wenn sie ihn nicht nach Erledigung seiner Aufgabe töteten, setzten sie ihn nach einigen Wochen wieder in einem Langboot auf dem Meer aus. Sie ernährten sich von Seevögeln und wilden Schafen, als Religion zelebrierten sie druidische Mythen und Rituale.

„Mir gefällt die Vorstellung sehr, dass da draußen vielleicht noch ein paar wilde Frauen leben", endete Isobel begeistert und schob ihren Teller zur Seite, „ich würde ihnen liebend gerne mal begegnen!"

Callum lachte. „Dann muss ich Sie unbedingt begleiten, damit Sie mir nicht von den Amazonen weggefangen werden."

Nach dem Dessert berichtete Isobel ausführlich, was sie zu den eigenartigen Gebäudestrukturen auf den Inseln herausgefunden hatte. Man hatte seltsame Steinringe in Stiefelform, die fast 2000 Jahre alt waren, gefunden und Reste von einzigartigen Häusern mit kleinen Höfen, die von Wänden, gebogen wie Kuhhörner, umschlossen waren. Von einem der Häuser aus flach aufgeschichteten Steinen wurde behauptet, es sei ein Amazonenhaus gewesen. Dieses runde Gebäude im Gleann Mòr war pyramidenförmig ausschließlich aus dünnen, geschichteten Steinen errichtet worden. In der Mitte des Daches befand sich ein offener Rauchabzug. Flache Nischen reichten tief ins breite Mauerwerk, es waren die Schlafstätten der Kriegerinnen. Vor dem Bett der Anführerin standen Säulen, auf denen die Amazone nachts ihren Helm und das Schwert aufbewahrte.

„Nun ja", meinte Isobel, als sie Callums amüsierten Blick bemerkte, „das sind eben die Legenden – aber es könnte doch etwas daran sein, oder? Falls es noch Amazonen gibt, wäre St. Kilda der perfekt geeignete Ort für sie. Und es wäre eine Erklärung für die Wahl der Mordwaffe. Wer sonst würde dafür ein Skaillmesser aus dem Museum stehlen?"

„Das ist allerdings ein interessanter Aspekt", Callum schmunzelte, „obwohl ich ja glaube, dass die Amazone vermutlich ihr Schwert für die Morde benutzt hätte. Oder Pfeil und Bogen."

„Viel zu auffällig!", widersprach Isobel spontan, „ein Faustkeil oder Messer lässt sich doch viel einfacher verstecken auf der Überfahrt zum Festland."

„Jetzt enttäuschen Sie mich, Isobel! Ich hatte mir gerade vorgestellt, wie eine Amazone auf einem wilden Pferd in einer Vollmondnacht nach Glasgow hineingestürmt kommt, um jeden mit dem Schwert niederzumetzeln, der die Unberührtheit ihres abgeschiedenen Inselreiches stört. Es ist deprimierend, wie erbarmungslos Sie meine Illusionen vernichten! Ich hätte nämlich nur nach den Hufspuren im Park des Museums suchen lassen müssen. Aber Sie vermuten ja, dass die mörderische Amazone ganz normal mit der Fähre gekommen ist. Wie langweilig!"

Isobel kicherte. Callums Humor gefiel ihr.
„Sie ist nur bis Lewis übers raue Meer gejagt, dort hat sie das Pony natürlich auf einer Wiese gelassen. Ja, so muss es gewesen sein", schmückte sie Callums Phantasie aus, „und das Geld für das Fährticket hat sie gestohlen. Oder … nein, passender wäre, wenn sie sich irgendwie heimlich auf das Schiff geschlichen hat."
Erwartungsvoll sah sie ihn an. Doch der Chief-

inspector schwieg nachdenklich und rieb sein Kinn. Er schien einen Gedanken zu verfolgen, den er ihr nicht verriet. Isobel war enttäuscht.

„Wenn Sie endlich Keith als Verdächtigen vergessen würden, könnte ich ihn bestimmt überreden, mich bald einmal nach St. Kilda zu begleiten, um nach den Amazonen und ihren Geschichten zu forschen", unterbrach Isobel mit vorwurfsvoller Stimme die Gedanken des Detectives.
„Aber ich denke doch bereits über eine Dienstreise auf den Archipel nach. Vielleicht finden wir ja einen gemeinsamen Termin dafür. Ich würde auch viel besser auf Sie aufpassen, als Ihr Schwager das kann. Insbesondere für den Fall, dass die Amazonen Sie entführen wollen."
Mit einem erwartungsvollen Leuchten in den Augen schaute Callum sie an. In Isobel stieg ein kribbelndes, warmes Gefühl hoch, doch sie ließ sich nicht anmerken, wie sie unter dem Charme des Chiefinspectors dahinschmolz.
„Ich meine das ganz ernst!", sagte sie, „und für meine Reportage könnte ich dort Fotos machen."
„Ich meine das auch ganz ernst!", versicherte Callum fröhlich.

Es war schon 21 Uhr vorbei, als Isobel nach Hause kam. Sie kuschelte sich auf ihr altes Sofa und rief Deirdre an, um zu fragen, ob es Neuigkeiten gebe.

„Keith ist noch ziemlich bedrückt wegen der Morde und dem Faustkeil, aber mir geht es gut. Meine neue Position macht viel Spaß. Sonst gibt es nichts Neues. Warum fragst du eigentlich?"

„Nur so, könnte ja sein, dass du festgestellt hast, schwanger zu sein. Außerdem wollte ich mich vergewissern, ob du mir Keith demnächst mal ausleihen kannst für eine Tour nach St. Kilda. Ich arbeite an einer Reportage zu den Sagen und Legenden dort und brauche gute Fotos."

Deirdre kicherte gutgelaunt.

„Meinetwegen kannst du ihn ausleihen. Aber lass mir noch ein paar Tage, bevor ich deine erste Frage beantworte."

„Wirklich? Das wäre ja wunderbar! Ich möchte unbedingt bald Tante werden."

Isobels Begeisterung war grenzenlos. „Was sagt Keith dazu?"

Doch Deirdre hatte ihm noch nichts gesagt, es sei noch zu früh, sich zu freuen, und sie wolle ihm keine weitere Enttäuschung zufügen, falls nichts daraus würde, erklärte sie.

Freitag: Ausflug nach Loch Awe

„Guten Morgen, Lennox, wir fahren heute raus zur Ponyfarm, ich will Kenzy Cameron befragen", begrüßte der Chiefinspector seinen Sergeant, als er kurz nach neun Uhr am Freitagmorgen das Büro betrat. Er war ungeduldig, weil die Techniker ihm noch immer keine brauchbaren Ergebnisse der im Saal 41a gefundenen Fingerabdrücke liefern konnten.

Die Angestellten im Museum waren zwar sehr kooperativ gewesen und hatten Vergleichsabdrücke nehmen lassen, doch die eindeutig identifizierten Abdrücke waren genau die, die zu erwarten gewesen waren. Zugeordnet werden konnten die von Keith Fraser, dem Direktor und der Saalaufseherin, sowie von Roarke McLeod und von einer Reinigungskraft. Für einen weiteren klaren Abdruck gab es keinen Referenzwert im Datensystem, diverse andere Abdrücke waren offenbar beim Putzen verwischt worden, sie stammten wahrscheinlich von Besuchern. Falls ein fremder Mörder Abdrücke hinterlassen hatte, waren dazu jedenfalls keine Vergleiche in einer Datenbank hinterlegt.

Noch schwieriger war es gewesen, an Auskünfte von der Militärstation auf St. Kilda zu gelangen. Obwohl er mit seinem älteren Bruder nur wenige Gemeinsamkeiten hatte und ihre familiären Kontakte eher bescheiden waren, hatte Callum Theo angerufen. Er war Colonel bei der Royal Navy.

„Diese gottverlassene Station der Army interessiert euch? Da werden doch nur noch Raketen gehütet und seltene Schiffsbewegungen im hohen Norden überwacht. Was genau willst du wissen?"
„Eure Leute dort haben doch bestimmt alles sehr genau unter Beobachtung. Ich möchte wissen, ob in den letzten Tagen Zivilisten von dort abgereist sind. Oder ob es dort ungewöhnliche Besuche gegeben hat. Ich habe hier nämlich zwei Morde aufzuklären und es sieht aus, als ob sie mit St. Kilda zusammenhängen."
Theo versprach, sich darum zu kümmern, es könne allerdings ein paar Stunden dauern.

Auf der Fahrt nach Loch Awe regnete es durchgehend. Außer ein paar düsteren Bemerkungen über die Hochlandbauern im Allgemeinen und der speziellen Unfreundlichkeit von Kenzy Cameron im Besonderen, trug Lennox McAllister nichts zu Callums Unterhaltung bei. So konnte der Chiefinspector seinen Gedanken nachhängen, während Lennox im Radio passable Musik suchte. Ein Saurier–Radio sei das alte Teil, beschwerte er sich, denn er konnte seine eigene Musik vom Smartphone nicht auf das Autoradio übertragen. Callum schwieg und wünschte, Isobel würde neben ihm sitzen. Er schalt sich innerlich, dass er es nicht schaffte, sie aus seinen Gedanken zu verbannen, sondern verliebt war wie ein Schuljunge. Er wusste nur zu gut, dass er sich solche Gefühle für eine Zeugin während der Ermittlungen nicht erlauben durfte.

Der Regen hatte sich zu einem Nieseln abgeschwächt, Callum schaltete den Scheibenwischer auf Intervall. Bei Cladich erinnerte Lennox ihn, auf einen Fahrweg abzubiegen und deutete auf ein verblichenes Schild mit der Silhouette eines Ponys und einem Pfeil, der in Richtung des schmalen Schotterweges rechts vor ihnen zeigte. Sie erreichten ein schlichtes Gehöft. Einige neugierige Ponys kamen über den unbefestigten Hof herangetrabt, als sie nahe an der uralten Eingangstür des Feldsteinhauses parkten. Dort schien der Untergrund weniger tief verschlammt zu sein als auf der sonstigen Hoffläche.

„Komm, steig' ruhig aus, die beißen dich nicht!"

Callum kraulte bereits ein weiß-gesticheltes Pony zwischen den Ohren und in der schwarzen Mähne. Lennox, der Stadtmensch, blieb misstrauisch.

„Die Viecher sind ja auch eher von hinten gefährlich als von vorne, soweit ich weiß!"

Vorsichtig sah er sich um. Drei andere Fahrzeuge und ein uralter Traktor waren neben dem Stallgebäude abgestellt, ein Collie-Mischling kam heran, ohne die beiden Polizisten zu verbellen und schnüffelte an ihren Schuhen. Eine Frau in dunkelgrünem Overall näherte sich, ihr leicht grau durchwirktes Haar war zu einem lockeren Zopf geflochten, einen massiven Gürtel mit Werkzeug und Utensilien hatte sie um die Taille gebunden.

„Haben Sie einen Termin?", fragte die etwa vierzigjährige Frau schroff, doch dann schnaubte sie verächtlich und fixierte den Dienstausweis des unglücklichen Lennox.

„Polizei also! Geht es wieder um diese Gladys Henderson?"

„Guten Tag – Frau Cameron, vermute ich? Mein Name ist Abel." Callum zeigte nun auch seinen Ausweis. „Hübsche Pferde haben Sie hier. Sind es Highland-Ponys?"

„Ja. Die meisten. Es sind auch Connemaras darunter, aber natürlich kein Connemara-Hengst!"

Nach dieser rätselhaften Einschränkung schwieg

sie und starrte Callum an. Er zuckte zusammen, weil plötzlich einige Ponys schrill wieherten. Die kleine Herde trabte hinüber zu einem Pfad, der hinter einem Gatter links neben dem Stallgebäude begann und sich in den Grasflächen mit zahlreichen Felssteinen verlor. Lennox hatte vor Schreck sogar einen Satz hinüber zum Auto gemacht und hielt bereits die Hand am Türgriff.

Fünf Reiterinnen kamen geräuschvoll den Hang hinunter galoppiert, ihre Ponys wieherten den wartenden Artgenossen unten am Hof zu. Kenzy Cameron wandte sich ab und ging zum Gatter zwischen den niedrigen Feldsteinmauern hinüber, die den Hof umsäumten. Die Reiterinnen hatten dort angehalten und begannen, die Pferde abzusatteln. Callum folgte der Farmerin. Überrascht stellte er fest, dass die angekommenen Frauen Bögen sowie Pfeile in einer Art Köcher über die Schulter gehängt bei sich trugen. Die Wettbewerbe, von denen Lennox berichtet hatte, mussten allem Anschein nach das Bogenschießen betreffen.

„Gladys Henderson wollte bei Ihnen also Bogenschießen vom Pferd trainieren?", fragte er.
„Sie war nicht talentiert, hat gar nichts begriffen!"
„Und das haben die anderen Damen ihr übel-genommen?"
„Sie war neugierig. Sie hat nicht gepasst."
Kenzy Cameron verzog verächtlich das Gesicht, ihre ohnehin schlechte Laune war offenbar noch

steigerungsfähig. Callum strengte sich an, trotzdem freundlich nachzufragen.

„Wie kam es, dass Frau Henderson zu Ihnen fand? Hatte sie vielleicht eine Bekannte oder Freundin unter Ihren Reiterinnen?"

„Was weiß ich! Sie wollte unbedingt dabei sein – keine Ahnung, warum. Sie hat unseren Sport doch gar nicht ernst genommen."

„Was meinen Sie, die Wettkämpfe?"

„Pah!", schnaubte die Farmerin, „Gladys war so ungeschickt! Die hätte sich eher selbst mit dem Pfeil umgebracht, bevor sie getroffen hätte. Konnte sich kaum auf dem Pferd halten – nur Reden, das konnte sie! Wie eine geschwätzige Ente."

Callums Anwesenheit völlig ignorierend, nahm die Pony-Trainerin zwei Sättel gleichzeitig und marschierte Richtung Stallgebäude. Er musste ihr wohl oder übel bis zur Sattelkammer folgen.

Allmählich stieg Ärger im Chiefinspector hoch. Kenzy Cameron war wirklich eine harte Nuss. Anstatt dauernd zu meckern, könnte sie endlich verraten, über welchen Kontakt Gladys Henderson zu der Gruppe gestoßen war.

„Haben Sie eine Webseite?"

„Nein, brauche ich nicht."

„Mrs. Cameron, wir haben einen Mord aufzuklären. Sagen Sie mir also bitte, mit welcher der Damen aus Ihrer Gruppe Gladys Henderson bekannt war."

„War sie das? Mir schien, sie interessierte sich nur

für Doris."

„Doris?"

Dieser Frau musste man aber auch alles aus der Nase ziehen, Lennox hatte völlig recht mit seiner Abneigung.

„Ja, Doris Moray. Dabei ist die nur ganz selten hier bei uns, sie wohnt auf Harris."

Callum stellte sich ihr in den Weg, als die Farmerin das Stalltor ansteuerte.

„Ich hätte gern die Adresse und Telefonnummer von Doris Moray!"

Kenzy warf ihm einen ärgerlichen Blick zu, zog ihr Handy aus einer Hosentasche, suchte den Kontakt und hielt Callum wortlos das Display unter die Nase. Er notierte die Nummer und eine Adresse, die ihm eigenartig bekannt vorkam.

„Hat Gladys Henderson diese Doris hier getroffen? Haben Sie eine Idee, warum Gladys an ihr interessiert war?"

„Ich habe viele Ideen, doch die gehen Sie nichts an! Getroffen hat sie Doris hier nicht."

Verwirrende Spuren

Auf dem Rückweg übernahm der Sergeant das Steuer. Der Chef tat ihm ein bisschen leid, die zusammengepressten Lippen in seinem Profil zeigten noch deutlich die Spuren von Ärger.

„Die anderen Frauen sind nicht viel besser", berichtete Lennox, „wenn auch nicht ganz so schlimm wie diese Kenzy."
Callum wandte ihm das Gesicht zu.
„Irgendetwas von denen erfahren?"
„Gladys Henderson muss eine Nervensäge gewesen sein. Hat sich besonders für eine Frau aus Harris interessiert."
„Ah! Die ominöse Doris. Konntest du rausfinden, was so interessant an dieser Frau für Gladys war? Kenzy hat es mir nicht verraten."
„Diese Doris ist wohl die beste Bogenschützin und gewinnt immer, wenn sie mal von Harris

rüberkommt. Alle schwärmen von ihr."

Lennox machte eine Pause.

„Ich hatte den Eindruck, dass die ganze Truppe keine Männer mag. Als Partner schon mal gar nicht. Was meinen Sie dazu, Chef?"

„Könnte schon sein. Ist mir aber egal, ich will ja keine von ihnen heiraten. Es würde mich allerdings, sehr überraschen, wenn Gladys sich für Frauen interessiert hätte."

„Sie denken an eine Tat aus Eifersucht?"

„Nicht wirklich. Da ist schließlich noch McLeods Leiche ... es sei denn ..."

„Gladys und der Liard? Nee, Chef, das glaub' ich einfach nicht. Meine Güte – was für eine Vorstellung!"

Auch Callum stellte den Gedanken erst einmal zurück. Niemand hatte den geringsten Hinweis gegeben, dass Gladys eine enge Beziehung zu McLeod oder eine intime Freundin gehabt hätte. Einzig Keith Fraser schien sie interessiert zu haben.

Der Anruf von seinem Bruder Theo kurz darauf half dem Detective auch nicht weiter. Es hatte bei St. Kilda lediglich die üblichen Bewegungen von bekannten Fischkuttern und zwei oder drei Ausflugsbooten mit Touristen rund um die Inseln gegeben. Bei den zivilen Helikopterflügen waren keine Fremden registriert worden.

„Blödsinn! Das meinst du nicht ernst", erwiderte Theo empört, als Callum nach dieser Auskunft laut und frustriert überlegt hatte, ob jemand von der auf Hirta stationierten Armeeabteilung als Chauffeur für einen Mörder tätig gewesen sein könnte. Theo konnte einen solchen Verdacht gegen die Kameraden bei der Army nicht stehen lassen. Er beendete das Gespräch beleidigt und der Chiefinspector bezeichnete seinen Bruder als Mimose.

„Und sowas ist Colonel in der Navy!", knurrte er.

Bevor er noch die Nummer von Doris Moray eintippen konnte, surrte sein Telefon mit einem eingehenden Anruf. Der junge Constable Lionel, den Callum beauftragt hatte, Kenrick McLeod im Auge zu behalten, berichtete aufgeregt, dass der neue Liard drei Männer vom Flughafen abgeholt hatte.

„Sie sind mit dem Mittagsflug aus Gatwick angekommen und mit dem Taxi auf dem Weg in die Stadt."

„Gut, Lionel, achte ruhig weiter auf den Erben. Wir sind in ungefähr 45 Minuten wieder da."

Wie von Lionel erhofft, checkten die Besucher im selben Hotel ein, in das sich bereits Kenrick McLeod einquartiert hatte. Jetzt wartete der Constable in der Lobby darauf, dass seine Mutter ihre Nachmittagsschicht an der Rezeption beginnen würde. Sie hatte ihm am Telefon versprochen, bei Dienstbeginn ein wenig im Hotelcomputer zu schnüffeln und vielleicht ein paar Informationen über die Besucher des neuen Liards zu finden. Ihr Gewissen beruhigte Lionels Mutter mit der Überzeugung, dass es nicht falsch sein konnte, der Polizei bei ihren Mordermittlungen zu helfen, insbesondere, wenn ihr eigener Sohn sich eifrig engagierte und Pluspunkte sammeln könnte. Es dauerte keine halbe Stunde, bis sie Lionel zu sich an den Empfang winkte. Sie schob ihm einen Zettel hinüber, und erklärte ihm leise etwas.

Der junge Constable machte sich stolz auf den Weg zur Dienststelle. Der Chiefinspector telefonierte noch in seinem Büro und Lionel wartete ungeduldig vor der Tür, bis Callum Abel das Gespräch beendet hatte.
„Du siehst aus, als hättest du gute Neuigkeiten. Erzähl!"
Lionels Mutter hatte offensichtlich Talent. Zwei von Kenrick McLeods Besuchern waren über ihre Firma ins Hotel gebucht worden, es handelte sich um einen bekannten Hersteller von Großgeräten und Fahrzeugen für Freizeitparks aus dem Südosten Englands. Callum pfiff anerkennend durch die Zähne.
„Der Erbe hat es aber eilig, das Geld auszugeben."
Das dritte Hotelzimmer war auf Rechnung eines Landschaftsplanungsbüros in Watford bestellt worden.
„Das hast du wirklich gut gemacht, Lionel, bestell

deiner Mutter Grüße von mir, ihre Informationen haben uns viel Zeit gespart."

Zu Callum Abels Enttäuschung hielt Kenrick Mc Leods Alibi auch einer erneuten akribischen Überprüfung stand. Die Londoner Kollegen sprachen vor Ort mit dem Kellner im Club und auch mit Kenricks Freund, es gab keine Widersprüche. Die Kollegin Simona aus dem Glasgower Wirtschaftsdezernat ließ sich persönlich bei der Fluggesellschaft sämtliche Daten und Aufzeichnungen zeigen. Der Abflug war pünktlich und McLeod zweifellos ein Passagier auf der Maschine gewesen. Es war nicht daran zu rütteln, dass Kenrick keine Gelegenheit zu den Morden gehabt hatte, auch wenn alles auf ein starkes Motiv hindeutete.

„Was übersehen wir bloß?" Callum fuhr sich mit beiden Händen frustriert durch die Haare. „Hat er etwa doch einen Komplizen? Wen? Wo?"
Lennox ließ die Schultern hängen, er hatte keine Antwort parat.
„Soll ich mich an McLeod hängen, wenn Lionel Feierabend hat?"
Callum bat ihn, stattdessen am nächsten Tag früh aufzustehen und ab sechs Uhr vor McLeods Hotel zu sein.
„Für heute übernehme ich selbst die Observation, bis der aalglatte Kerl im Bett liegt. Der Fall regt mich auf, ich könnte sowieso nicht schlafen. Und den

Deputy Chief brauche ich gar nicht erst nach Überwachungspersonal zu fragen, solange wir gegen McLeod absolut nichts außer einem starken Motiv in der Hand haben."

Kurz vor Feierabend kam Simona vom Wirtschaftsdezernat vorbei.
„Euer Fall interessiert mich und ich habe alle eure digitalen Aufzeichnungen nochmal durchgesehen. Elvira Clarks Mädchenname war Moray, wusstet ihr das? Das muss ja erst einmal nichts heißen – aber weil ihr heute die Anschrift einer Doris Moray auf Harris eingegeben habt, ist es mir aufgefallen."
Callum starrte sie wie elektrisiert an.
„Und?"
„Ihre Adresse ist die gleiche wie die von Roarke McLeod. Und laut Geburtenregister hat Elvira Clark, die mit Mädchennamen Moray hieß, am 22. Mai vor 27 Jahren eine Tochter Doris geboren. Interessant, oder?"
„Wow! Danke, Simona! Hast hervorragend aufgepasst. Unser zweites Mordopfer Gladys Henderson war nämlich sehr an Doris Moray interessiert, ich werde sofort mit dieser Frau sprechen!"
„Viel Erfolg! Ich gehe jetzt ins Wochenende."
Simona winkte fröhlich, bevor sie die Tür schloss.

Das Telefon klingelte ausdauernd, bevor sich Doris Moray meldete. Sie schien lange zu brauchen bis sie begriff, was der Chiefinspector von ihr wollte, und sie war außergewöhnlich misstrauisch.

„Wenn Sie sicher gehen wollen, dass ich ein Detective bin, dann rufen Sie doch einfach hier in der Glasgower Polizeizentrale zurück und fragen nach Chiefinspector Abel."

„Angenommen, ich glaube Ihnen. Was wollen Sie von mir?"

Ihre knappen Worte standen im krassen Gegensatz zu ihrer sanften Stimme. Noch einmal erklärte Callum Abel, dass er den Mord an einer jungen Frau aufzuklären hätte und fragte, ob Doris das Mordopfer Gladys Henderson gekannt habe. Gladys habe jedenfalls sie, Doris Moray, offensichtlich gekannt.

„Ich habe mit Glasgow nichts zu tun, habe dort auch keine Bekannten. Ich lebe auf Harris, ich kenne keine Gladys aus Glasgow."

„Aber Roarke McLeod kennen Sie doch sicherlich? Und Glasgow war immerhin Ihr Geburtsort, oder?"

Callum merkte, dass Doris zögerte, bevor sie antwortete, ohne auf seine zweite Frage einzugehen.

„Ja, den Liard kenne ich. Ich habe schließlich eine kleine Wohnung auf seinem Anwesen. Ich arbeite hier. Er ist auch tot, habe ich gehört."

Callum konnte keine Emotion in ihrer gleichmäßigen Stimme ausmachen.

„Das stimmt, er wurde am Dienstag ermordet. Frau Moray, haben Sie vielleicht etwas darüber gehört, ob Ihr Chef McLeod hier in Glasgow eine Freundin hatte? Und dann muss ich noch wissen, wo Sie sich in der Nacht zum Dienstag und am Dienstagmorgen aufgehalten haben. Das Gleiche bitte auch für die Nacht auf Mittwoch und die frühen Morgenstunden."

„Ich war die ganze Woche hier. Glauben Sie womöglich, dass ich meinen Arbeitgeber und eine wildfremde Frau ermorden würde?"

Keine Gefühlsregung war in Doris' Stimme auszumachen.

„Um genau das auszuschließen, frage ich ja. Wer könnte uns bestätigen, dass Sie während der fraglichen Zeiten auf Harris waren?"

Ob die nachfolgende Pause auf einen Schreck zurückzuführen oder nur dem Nachdenken geschuldet war, konnte der Detective am Telefon nicht beurteilen, aber schließlich benannte Doris die Verkäuferin im örtlichen Laden, den Gärtner und den Stallmanager.

„Für die Nachtstunden habe ich allerdings niemanden, der mein Alibi bezeugen kann. Und zum Privatleben meines Chefs in Glasgow kann ich auch nichts sagen. Es hat mich nie interessiert."

Callum notierte Doris Angaben: Dienstagvormittag etwa um zehn Uhr war sie im Dorfladen gewesen, am frühen Nachmittag des Mittwoch nach Aird Asaig zur Post und zum Tanken gefahren. Mit dem Gärtner habe sie schon Dienstag früh etwa um neun Uhr gesprochen und dem Stallmanager hätte sie an beiden Tagen den üblichen Fünf-Uhr-Tee im Haus zubereitet.

„Aber wie ich meine Nächte verbringe, geht niemanden etwas an", beendete sie ihre Erklärungen.

Callum war froh, dass Doris Moray ihm überhaupt telefonisch Auskunft gegeben hatte. Er fragte nicht weiter nach, sondern bedankte sich höflich.

Wenn die Angaben sich bestätigten, dürfte es Doris kaum möglich gewesen sein, zwischendurch für zwei Morde nach Glasgow zu reisen. Allerdings würde er nicht nur die angegebenen Personen befragen, sondern vorsorglich auch die Passagierlisten der Flüge von und nach Lewis überprüfen lassen sowie die Fahrpläne der Fähren nach Uig und Oban.

„Falls du dich morgen früh langweilst, dann prüfe doch schon mal die Flug- und Fährstrecken von Lewis und Harris zum Festland und die Fahrtdauer bis Glasgow", schrieb er per WhatsApp an Lennox.

Etwas später betrat Callum die Halle von Kenrick McLeods Hotel, er wollte sich vergewissern, dass der Erbe noch im Hause war. Er hatte Glück, Lionels Mutter war noch im Dienst, sie erkannte ihn und winkte ihn zu sich. Sie berichtete, dass McLeod einen Tisch für vier Personen im

Restaurant reserviert hatte.

„Ab 21 Uhr möchte er bedient werden. Soll ich Sie anrufen, falls der Liard das Haus vorher verlässt?"

„Das wäre sehr freundlich und hilfreich. Ich werde für eine Weile im Bistro gegenüber sein und von dort versuchen, den Eingang im Auge zu behalten. Gibt es hier weitere Ausgänge für die Hotelgäste?"

Lionels Mutter versicherte, dass die Gäste immer nur den Haupteingang nutzen würden, obwohl es natürlich noch einen Notausgang mit Alarm-verriegelung zum Hof gebe, den auch die Lieferanten nur nach Anmeldung benutzen konnten.

Das Bistro gegenüber war noch stark besucht. Viele der in der City arbeitenden Leute nutzten den Freitagabend dafür, sich bei einem Imbiss und Drink von den Arbeitskollegen für das Wochenende zu verabschieden. Weil im Parterre alle Tische besetzt waren und er von der Theke nicht den Hoteleingang beobachten konnte, ging Callum hinauf in den ersten Stock. Er entdeckte Isobel sofort, sie lachte übermütig in Gesellschaft einiger junger Männer, die der Detective als ihre Journa-listenkollegen einordnete. Trotzdem verspürte er einen winzigen Stich Eifersucht, wofür er sich innerlich unverzüglich schalt.

‚Alter Junge, das müsstest du sogar aushalten, wenn ihr verheiratet wäret!', sagte er sich.

Als er sich Isobels Tisch an der Fensterfront näherte, bemühte er sich um den Anschein, dort nach einem freien Platz zu suchen. Er hoffte, von Isobel entdeckt zu werden. Sie jedoch konzentrierte sich ausschließlich auf das Geplauder mit ihren Freunden. Allmählich fühlte Callum sich unwohl. Er befürchtete, wie ein blinder, tollpatschiger Bär unter leichtfüßigen Menschen zu wirken, weil er sich so unentschlossen zwischen den Tischen bewegte. Schon wollte er resigniert auf den freien Stuhl an einem Tisch in der Ecke zusteuern, als Isobel endlich durch den Raum zu ihm schaute.

„Hi Callum! Kommen Sie doch zu uns", rief sie und winkte einladend. Erstaunlich schnell und behände schlängelte er sich zu Isobels Tisch. Sie rutschte auf ihrer Sitzbank zur Seite, um Platz für ihn zu machen.

„Das ist Callum Abel, der Chiefinspector, der in unserem Museumsmord ermittelt", erklärte sie den Kollegen, „aber bitte quetscht ihn nicht aus, es ist Wochenende. Diese Männer hier sind nämlich berufsmäßig neugierig, sie arbeiten alle beim Glasgow Telegraph", wandte sie sich gutgelaunt an Callum, der neben ihr Platz nahm und die Wärme der hübschen Frau an seiner Seite genoss.

Wenn er das Gesicht in ihre Richtung drehte, hatte er den Hoteleingang schräg gegenüber noch im Blick. Die Höflichkeit erlaubte ihm das ständige Anstarren jedoch nicht, darum war der Detective erleichtert, dass Lionels Mutter eine Viertelstunde später anrief und ihn mit unterdrückter Stimme darüber informierte, dass der neue Liard gerade das Hotel verlassen hatte. Callum war schon im Begriff, aufzustehen, als die Rezeptionistin hinzufügte: „Er wollte wissen, wo sich die nächste Apotheke befindet, ich glaube, er wird bald wieder zurückkommen."

Isobel und ihre Kollegen hatten den Anruf bemerkt. Jetzt blickten ihn alle unverhohlen neugierig an und Callum hatte kurz den Eindruck, als würden ihm massenhaft Fragezeichen über den Tisch entgegenschwimmen. Er überlegte, ob er in den Nieselregen hinausgehen und Kenrick folgen sollte.

„Mir scheint, der Chiefinspector hat wohl doch kein Wochenende", bemerkte ein Reporter mit auffallend wildem Haarschopf voller roter Locken. Callum gab sich unbefangen.

„Sie kennen das bestimmt selbst aus Ihrem Beruf, Informationen sind unser Geschäft. Mir geht es da nicht besser als Ihnen", sagte er lächelnd.

Er versteckte seine Anspannung, die erst nach einem weiteren Anruf von Lionels Mutter nachließ. Kenrick McLeod war glücklicherweise zurück im Hotel und hatte den Lift auf seiner Etage verlassen.

Isobel und Callum kommen sich näher

Eine halbe Stunde später brachen die Arbeitskollegen auf.

„Leisten Sie mir noch ein wenig Gesellschaft, Isobel, oder müssen Sie auch nach Hause?"

„Ich bin schrecklich neugierig und bleibe, wenn Sie mir von Ihrem Tag erzählen."

Callum wechselte zu einem Stuhl gegenüber von Isobel.

„Von hier sehe ich den Hoteleingang besser, so gerne ich auch weiter neben Ihnen sitzen würde. Wie lästig mein Beruf doch ist! In den letzten Tagen ist mir das erst so richtig klar geworden", seufzte er.

Isobel lachte über seine übertrieben traurige Stimme und die Geste des Tränenabwischens.

„Als Schauspieler würden Sie garantiert auch erfolgreich sein. Wie gut waren Sie denn heute als Ermittler?"

„Fremden darf ich nichts erzählen, aber bei engen

Freunden sieht das natürlich anders aus. Denen kann ich vertrauen."

Er beugte sich über den Tisch und schaute Isobel wie prüfend tief in die Augen, sie merkte, wie ihr warm wurde unter dem intensiven Blick und musste schlucken.

„Okay, ich sehe kleine goldene Wahrheits-Sternchen in deinen Augen – dir vertraue ich. Wir sind also jetzt Freunde, ja?"

Sein Lächeln war unwiderstehlich. Isobel spürte ihr Herz schneller schlagen, lächelte zurück und nickte etwas zu heftig, wie sie selbst fand.

Dieser Mann gefiel ihr immer besser, er war klug, hatte Witz und war geduldig, ganz anders als ihre bisherigen Freunde. Sie überlegte, ob Callum hinter seinem charmanten Humor eine eigene seelische Verletzung verbarg, die in ihr widerhallte, denn er berührte eine Schicht in ihrer Seele, die sie seit mehr als acht Jahren sicher versteckt geglaubt hatte. Doch das warme Gefühl des vorsichtig schmelzenden Misstrauens bedauerte sie nicht.

„Heute waren wir auf einer Reitponyfarm bei Loch Awe. Da trainieren Frauen das Bogenschießen zu Pferd und sie nehmen diesen Sport ungemein ernst. Die Chefin dort ist allerdings äußerst humorlos", begann Callum zu erzählen, als Isobel ihn spontan unterbrach.

„Oh nein! Ich wollte dir doch von den neuen Amazonen berichten, sie sollen einen Verein bei

Loch Awe gegründet haben, lauten die Gerüchte. Aber jetzt wart ihr bereits da und wisst viel mehr als ich! Wie sind sie? Haben die etwa was mit den Morden zu tun?"

„Ehrlich gesagt haben wir gar keine Amazonen gesucht, sondern wollten bloß erfahren, was Gladys Henderson auf der Farm gemacht hat. Sie war in den letzten Wochen ein paar Mal dort, ist in der Gruppe aber nicht auf Gegenliebe gestoßen. Sie konnte nicht sonderlich gut reiten, und das dürfte wohl ihr schlimmstes Verbrechen gewesen sein. Aber so unfreundlich die Trainerin dort auch ist – dass sie Gladys wegen mangelnder Reitkünste umgebracht hat, bezweifle ich dann doch."

Isobel unterdrückte schnell ihr Kichern, als Callum fortfuhr.

„Gladys ist aufgefallen, weil sie sich dort sehr für eine der Bogenschützinnen interessiert hatte. Doris Moray heißt sie, und wie sich herausgestellt hat, handelt es sich um die leibliche Tochter von ... da kommst du nie drauf!"

Er grinste Isobel provozierend an.

„Komm schon! Kenne ich die Mutter? Wer ist sie?"

„Die Sekretärin aus dem Museum ist ihre Mutter – die fürsorgliche Elvira Clark! Und Doris wohnt auf dem Anwesen von McLeod, anscheinend arbeitet sie dort."

Isobel war so überrascht, dass sie mehrere Sekunden lang schwieg. Dann sprudelten ihre Ideen heraus.

„Habt ihr schon überprüft, ob die Sekretärin McLeod und Gladys ermordet haben kann? Vielleicht war McLeod gemein zu Doris und die Mutter hat ihn deswegen erledigt? Und Gladys hat vielleicht herausbekommen, dass Elvira die Mutter ist ... und ... und Elvira wollte verhindern, dass jemand von der Tochter erfährt? Weil sie unehelich ist, oder so? Könnte das sein?"

Callum amüsierte sich über Isobels temperamentvoll vorgetragenen Mordmotive.

„Wenn unsere andere Spur eine Sackgasse ist, werde ich mich sofort um deine Überlegungen kümmern. Versprochen! Schließlich könnten deine Ideen ebenfalls als Mordmotive passen. Der junge Lionel soll gleich morgen damit loslegen, Elviras Aufenthalt für die Tatzeiten zu erfassen und zu überprüfen. Immerhin hat die Sekretärin McLeod am Dienstagmorgen ins Museum eingelassen – wir schauen mal. Im Moment scheint mir aber der jüngere McLeod eine auffällige Aktivität an den Tag zu legen, er investiert bereits sein Erbe, wie es aussieht. Zurzeit hat er Besuch von Technikern und Planern für einen Freizeitpark und er braucht dringend Geld, das wissen wir inzwischen. Er ist eine Art Finanzmakler in London und in Schwierigkeiten geraten. Möglicherweise will er durch Investition die Verfügung über Roarkes Erbe schneller erlangen und für seine Schulden Geld abzweigen, oder auch nur die hohen Erbschaftssteuern vermeiden."

„Oh! Das klingt allerdings nach einem viel besseren Mordmotiv!"

„Ich wusste es! Du würdest eine begabte Detektivin sein – oder die genau passende Frau für einen aufstrebenden Chiefinspector, liebe Isobel."

Es lag etwas mehr in Callums Stimme als nur Ironie. Isobel spürte, dass sie rot geworden war nach dem Kompliment. Sie überspielte ihre Verlegenheit und verabschiedete sich kurz darauf von ihrem neuen Freund mit der Begründung, dass sie noch bei ihrer Schwester Deirdre und Keith vorbeischauen wollte. Callum begleitete sie hinunter auf die Straße.

„Falls du aber am Wochenende nicht recht weiterkommst – ich würde mich freuen, wenn du anrufst, damit ich meine Ideen beisteuern kann", sagte Isobel, bevor sie den Regenschirm aufspannte und die Richtung zu ihrem Parkplatz einschlug.

Kurz vor 20.30 Uhr schlenderte der Chiefinspector hinüber ins Hotel und setzte sich so in die Halle, dass er den Eingang zum Restaurant im Blick hatte. Er musste nicht lange warten, bis Kenrick McLeod mit seinen Gästen erschien und in seiner gezierten Manier an einem runden Tisch an der Fensterfront Platz nahm. Callum gab sich den Anschein, die Menükarte am Eingang gründlich zu studieren, aber er prägte sich die Gesichter der

Besucher des Erben ein. Kenrick McLeod bemerkte den Chiefinspector nicht, er war intensiv in seine Gespräche vertieft und konzentrierte sich ansonsten auf das Dinner. Callum bat die Rezeptionistin, ihn anzurufen, falls McLeod das Haus nach dem Essen noch verlassen würde, er selbst würde sich jetzt draußen noch ein wenig die Beine vertreten.

Der Nieselregen hatte aufgehört, die Wolkendecke war aufgerissen. In einem Pub genehmigte sich Callum Abel ein Bier, um 23 Uhr betrat er das Hotel erneut. McLeods Gesellschaft war soeben dabei, von der Bar aufzubrechen. Callum beobachtete, wie sich die Männer bereits vor dem Lift von Kenrick McLeod verabschiedeten. Offensichtlich wollten sie ganz früh die Heimreise antreten. Der Chiefinspector spürte Müdigkeit und weil inzwischen – abgesehen von drei Gästen an der Bar – in der Halle Ruhe eingekehrt war, beschloss er, ebenfalls heimzufahren.

Samstag: Kein Wochenende für Callum

Morgens um sechs riss das Surren seines Mobiltelefons Callum aus angenehmen Träumen.

„Es gibt eine Leiche an der Kelvinbrücke, Chiefinspector. Sergeant McAllister ist schon unterwegs zu Ihnen und den Doktor haben wir auch losgeschickt."

Kaum hatte Callum Abel hastig Jeans und Shirt angezogen und die Lederjacke aus dem Schrank genommen, hupte Lennox schon vor dem Haus. Es war noch dunkel und der Sergeant schaltete das Blaulicht an auf dem Weg Richtung Hillhead. Das blitzende Licht wurde vom dichten Morgennebel reflektiert und spiegelte zurück ins Wageninnere.

Obwohl es Samstagmorgen war, strömten schon zahlreiche Pendler und Besucher in die City und verstopften die nebligen Straßen. Die beiden Detectives kamen nur so zäh voran, dass Callum seinen Sergeant anwies, auch die Sirene zu starten.

„Ich wollte mich gerade auf den Weg zu McLeods Hotel machen, als die Nachricht reinkam. Eine Frau, die ihren Hund ausführte, hat einen männlichen Toten gefunden und den Notruf gewählt. Soll ich Sie am neuen Tatort absetzen und dann nach Kenrick McLeod schauen, Chef?"

„Lass uns erst sehen, was an der Brücke passiert ist."

Am östlichen Ufer, unmittelbar am guss-eisernen Treppenaufgang, schaltete Lennox die Sirene aus und parkte neben dem Van der Spurensicherung. Schweigend gingen die Detectives hinüber zum Polizeiarzt, der neben dem Körper eines Toten stand. Ein einziger Blick genügte Callum. Lennox ließ einen leisen Pfiff hören, bevor er ausstieß: „Das gibt es doch nicht! Es ist der junge McLeod!"

„Guten Morgen, Doc. Können Sie uns schon was sagen?", fragte Callum und trat mit dem Arzt beiseite, um die Kriminaltechniker nicht bei der Arbeit zu stören.

„Keine zwei Stunden ist er tot. Allerhöchstens. Leichenflecken sind schon ausgeprägt, aber lassen sich leicht wegdrücken." Der wortkarge Mediziner fügte nachdenklich hinzu: „Genickbruch. Nach dem Tastbefund sind erster und zweiter Halswirbel zertrümmert worden. Da scheint jemand ganz gezielt zugeschlagen zu haben. Der Angreifer muss sich gut auskennen in Anatomie, ich kann mir nicht vorstellen, dass dies ein zufälliger Treffer war. Fragen Sie mich nicht, womit! Ich weiß es nicht. Der berühmte stumpfe Gegenstand vermutlich. Blut ist nicht ausgetreten, aber unter der Haut ist ein schwerer Erguss. Garantiert ist das Knochenmark von Atlas und Axis ausgetreten und der Tod schnell eingetreten. Ihr könnt die Leiche in die Pathologie transportieren lassen. Vielleicht finden die ja noch was, am Hals sind nämlich weitere Spuren."

Die Techniker suchten die Umgebung ab, sammelten Gegenstände und packten sie ein. Im Buschwerk hinter der Fußgängerunterführung wurden ein defekter Wagenheber, eine Gaskartusche, ein Fahrradgestell ohne Räder sowie zahlreiche Flaschen und andere Abfälle gefunden. Dies alles würde auf Spuren untersucht werden. Callum rechnete nicht mit brauchbaren Ergebnissen, er ging davon aus, dass der Mörder das Tatwerkzeug entweder in den Fluss geworfen oder mitgenommen hatte.

„Einen Moment noch, Doc", rief er dem Arzt hinterher, der gerade in seinen Wagen steigen wollte, „könnte die Verletzung auch ohne größeres Instrument zugefügt worden sein? Zum Beispiel, indem mit einer Art scharfem Stein ein heftiger Schlag gegen die Halswirbel erfolgte?"
Das Skaillmesser hätte er am liebsten gar nicht in Betracht gezogen, doch ein Serienmord lag leider allzu nah.

„Mit einem passenden kantigen Stein hätte man die Halswirbel vermutlich zerstören können. ich glaube es aber nicht, sonst müsste euer Täter ein Kraftsportler mit außerordentlichen medizinischen Kenntnissen sein. Schwer vorstellbar, aber wenn der Täter eine Art Hebel benutzte, nicht auszuschließen", gab der Doktor zurück. „Das Opfer dürfte sich dann auch kaum gewehrt haben. Die Pathologen werden das feststellen, schätze ich."
Callum Abels Schulterzucken wirkte resigniert.
„Bei dieser Mordserie würde mich gar nichts mehr überraschen", seufzte er.
Der Arzt grinste schwach, wünschte viel Erfolg und startete sein Auto.

Callum schickte seinen Sergeant hinüber zum Polizeiauto der Uniformierten, wo die ältere Frau, die den Toten gefunden hatte, sich von ihrem Schock erholte. Ihren Terrier hielt sie auf dem Schoß und streichelte ihn, als wolle sie sich an ihm festhalten. Etwa um halb sechs sei sie mit ihrem Berry durch die Fußgängerunterführung gekommen und Berry habe einen Mann verbellt, der an der Treppe lag. An der Kleidung des Mannes habe sie bemerkt, dass er kein obdachloser Trinker war und genauer hingeschaut. Dann sei sie furchtbar erschrocken, weil es aussah, als ob der Mann schon tot war. Daraufhin hätte sie mit ihrem Handy den Notruf gewählt.

Weil ihre Knie sich wackelig angefühlt hätten, habe sie sich auf die Treppenstufe gesetzt und auf das Eintreffen der Polizei gewartet. Nein, irgendeine andere Person habe sie nicht gesehen, auch nichts Auffälliges gehört, nur ihr Terrier Berry habe immer wieder in Richtung des liegenden Körpers gebellt und geknurrt. Lennox notierte diese Aussage und die Adresse der Frau. Die betreuende Kollegin im Fahrzeug bat er, die Hundebesitzerin nach Hause zu fahren.

Jetzt beobachtete der Sergeant nachdenklich seinen Chef, der die Hände tief in die Taschen seiner Jeans vergraben hatte, auf der Unterlippe kaute und seinen Blick immer wieder über die Treppe und durch den kleinen Fußgängertunnel schweifen ließ. Lange sagte er kein einziges Wort, er schien über düsteren Gedanken zu brüten. Plötzlich sorgte sich Lennox um den Chiefinspector. Hoffentlich würde er nicht wieder in sein altes Schweigen zurückfallen, mit dem er in der Glasgower Behörde aufgefallen war, als er sich vor drei Jahren hierher hatte versetzen lassen.

Der Sergeant erinnerte sich noch genau an diese Zeit, als er dem wortkargen Neuen zur Ausbildung zugeteilt worden war. Schrecklich distanziert und schweigsam war der Chiefinspector gewesen, es liefen Gerüchte, dass er den Mord an seiner eigenen Mutter in Newcastle nicht hatte aufklären können. Dieser Fall hier schien seinen Chef ebenfalls mitzunehmen.

Lennox' Sorgen lösten sich jedoch auf, als die beiden Detectives im Büro der Dienststelle ihren ersten Morgenkaffee tranken und der Chiefinspector wieder zu sprechen begann.
„Wir können Kenrick McLeod noch nicht ganz ausschließen als Täter der ersten Morde", überlegte er laut, „falls nicht wieder das verdammte Skaillmesser benutzt wurde, könnte Kenricks Tod nämlich auch völlig andere Gründe haben. Es gab keine Spuren, die nahelegen, dass der Körper an den Fundort gebracht worden ist, also ist er wahrscheinlich an der Brücke gestorben. Würde mich sehr wundern, wenn die Pathologen etwas anderes sagen."

Er nahm eine Packung Shortbreads aus seiner Schreibtischschublade und bot auch seinem Kollegen von dem Gebäck an. Schweigend verzehrten beide ihren Keks, bis Callum unwillkürlich aufseufzte.
„Wäre ich nicht zum Schlafen nach Hause gefahren, hätte ich den Mord verhindern können!"
Eine schwere Selbstanklage schwang in der Stimme mit, Lennox ahnte, dass dieser neue Mord schlimme Erinnerungen im Chiefinspector aufgerührt hatten und er sich Vorwürfe machte, die mit dem gewaltsamen Tod seiner Mutter zu tun hatten.

116

Er räusperte sich, dann wandte ein: „Irgendwann müssen Sie doch auch mal schlafen, Chef! Dass McLeod ausgerechnet in den frühen Morgenstunden bis zur Kelvin-Brücke spazieren würde, konnte wirklich niemand ahnen."

„Aber ich hätte ihn im Auge behalten müssen! – Warum ist McLeod überhaupt so spät in der Nacht dort hingegangen? Ja, ich weiß", fügte er hinzu, als Lennox vielsagend mit den Augen rollte, „es ist ein Schwulentreff. Und homosexuell war Kenrick McLeod, da gibt es keinen Zweifel. Sind die Stricher denn in den frühen Morgenstunden noch unterwegs? Ich verstehe es nicht. Seine Geldbörse war noch im Jackett, also war Raub nicht das Mordmotiv. Hoffentlich kennt sich jemand von der Sitte mit den Strichern aus. Vielleicht haben sie einen Informanten darunter. Gehst du mal rüber und fragst nach?"

Die Vorstellung, jetzt womöglich endlose Gespräche mit bockigen Strichjungen führen zu müssen, gefiel Callum überhaupt nicht. Er würde abwarten, was die Pathologen herausfänden.

Ein Anruf bei der Hotelrezeption besserte seine Laune ein wenig. Von Lionels Mutter extra darauf hingewiesen, hatte der Nachtportier eine Notiz gemacht, dass der neue Liard McLeod um 4.25 Uhr das Haus verlassen hatte, ohne ein Taxi bestellt zu haben. Seine Besucher hingegen waren um 4.45 Uhr von einem reservierten Taxi abgeholt worden zum Flughafen. Callum suchte die Namen von McLeods Geschäftspartnern heraus und die Airline bestätigte, dass alle drei Männer auf der ersten Maschine nach London gewesen waren. Als Täter kam von ihnen also niemand in Frage.

‚Könnte Elvira Clark irgendetwas an Kenrick McLeods Tod gelegen haben?‘, überlegte er. Sie hatte zu den beiden anderen Opfern engen Kontakt gehabt. Doch der Chiefinspector hatte keine Idee, welchen Grund die Sekretärin für einen Mord an Kenrick haben könnte. Er schaute auf den Bildschirm seines Laptops, es war kurz vor zehn Uhr. Der Obduktionsbericht lag noch nicht vor, teilte ihm eine schlechtgelaunte Laborangestellte am Telefon mit.
‚Ob Isobel wohl Lust auf ein gemeinsames Frühstück und neue Ideen hat?‘ Er tippte auf ihre Nummer in der Kontaktliste seines Handys.

Isobel schlug ein kleines Café in der West George Street vor. An Callums Stimme hatte sie bemerkt, dass es mehr als nur Sehnsucht nach ihrer Gesellschaft war, was ihn bewogen hatte, sich mit ihr zu treffen. Kurzerhand sagte sie das verabredete Frühstück bei Deirdre ab und nahm den Bus ins Zentrum.

Frühstücksgespräche

Schon von weitem sah sie Callum an der Tür des Cafés warten. Als er Isobel bemerkte, hellte sich sein nachdenkliches Gesicht auf und er begrüßte sie froh.

„Endlich ein erfreulicher Anblick heute! Schön, dass du dir Zeit für mich genommen hast."

Sein Lächeln war warmherzig. Isobel gab es zurück.

„Hattest du noch gar kein Frühstück? Ich auch nicht, habe nämlich heute ausgeschlafen. Es riecht hier echt verführerisch!" Sie hob den Kopf und schnüffelte mit ihrer makellosen Nase.

„Du schnupperst so niedlich wie ein neugieriger Hamster", meinte Callum, während er sie zu einem kleinen Tisch am Fenster führte, wo soeben zwei älteren Damen aufstanden. Isobel warf ihm einen etwas zweifelnden Blick zu.

„Ich gehe einfach mal davon aus, dass du Tierfreund bist und die Bemerkung ein Kompliment war."

„Aber ja! Ich liebe die kleinen Nagetiere. Hamster hatte ich schon als Kind immer. Musste höllisch aufpassen, dass Cloud sie nicht erwischte. Cloud war unser Labrador."
Ein entwaffnendes Lächeln begleitete Callums Behauptung.

„Heute werde ich ein komplettes schottisches Frühstück vertilgen", verkündete Isobel entschlossen, „und du solltest es auch probieren. Du bist kein waschechter Schotte, oder?"
„Leider nicht ganz. Müsste ich das etwa sein, um Gnade vor deinen Augen zu finden? Ich wurde ohne meine Zustimmung ganz ungefragt in Nordengland geboren, in der Nähe von Newcastle, sozusagen am römischen Hadrianswall. Das ist aber beinahe schon Schottland! Und mein Großvater mütterlicherseits war wirklich Schotte. Würde dir das ausreichen?"
„Okay, ich lasse es gelten. Du bekommst von mir sogar noch zusätzliche Bonuspunkte, weil du so amüsant bist und für gute Laune sorgst."
Sie strahlte Callum an, bevor sie ihre Bestellung aufgaben.
„Aber jetzt erzähl mal, was es Neues gibt."

Ein Schatten zog über Callums Gesicht.
„Leider nichts Gutes. Kenrick McLeod wurde heute früh ermordet."
Isobel war erschrocken. „Nein! Nicht schon wieder ein Mord. Hört das denn nie auf?"

„Ich hätte es dir nicht sagen sollen, bevor wir gegessen haben. Wie dumm von mir! Habe ich dir jetzt etwa den Appetit verdorben?", fragte Callum besorgt.

„Ach was, ich bin Journalistin und keine Mimose."

Als das Essen kam, langten beide herzhaft zu. Ein durchschnittlicher Beobachter hätte nicht vermutet, dass Isobel und Callum sich dabei über einen aktuellen Mord unterhielten. Ganz anders stand es um Elvira Clark, die an diesem Morgen zufällig in der West George Street unterwegs gewesen war. Sie hatte Callum vor dem Café wartend entdeckt und ihn im Auge behalten. Höchst interessiert beobachtete die Museumssekretärin, wie die Journalistin vom Glasgow Telegraph sich dort mit dem Chiefinspector traf und ins Café hineinging.

Nach zwei Minuten folgte Elvira ihnen ins Innere, suchte sich einen Platz am anderen Ende des Raumes und bestellte einen Tee. Eine Weile versteckte sie ihr Gesicht hinter einer Zeitschrift, bevor sie aufstand und wie zufällig am Tisch von Callum und Isobel vorüberschlenderte.

„Ach, wie schön, Sie zu treffen, Detective. Guten Morgen Frau ...", sie stockte, „... Laugham, habe ich das richtig behalten?"

Mechanisch grüßte Isobel zurück.

„Das Frühstück hier ist immer vorzüglich, nicht wahr? Ich bin an meinen freien Tagen deswegen oft

121

hier. Heute hatte ich aber nur einen Tee. – Ich hoffe, es geht Ihnen beiden gut? Ich habe nämlich gehört, dass es schon wieder einen Mord gegeben hat. Stimmt es, dass es diesmal den jungen Liard getroffen hat? Ich mag das ja gar nicht glauben", plapperte Elvira in ihrer gewohnten Art.

„Oh, interessant, dass Sie schon davon wissen. Wir sind uns nicht ganz so sicher und warten noch auf das Obduktionsergebnis", behauptete Callum. „Wer hat Ihnen denn davon erzählt?"
„Ach, die Schwester meiner Nachbarin hat heute Morgen schon ganz früh angerufen. Völlig aufgelöst war sie, weil sie einen Toten an der Kelvinbrücke gefunden hatte und danach dort alles voller Polizei war. Genaugenommen hat ja Berry, ihr süßer Terrier, den Fund gemacht, aber das kommt doch aufs Gleiche hinaus, oder?"
Isobel starrte die Frau ungläubig an. Elvira missverstand den Blick, in leicht beleidigtem Ton sagte sie: „Sie können ja meine Nachbarin fragen, wenn Sie mir nicht glauben!"
„Doch, doch, ich glaube Ihnen", beeilte sich Isobel die Plaudertasche zu beruhigen, „es ist nur so sonderbar, dass Sie immer ... immer so gut informiert sind", wandelte sie schnell ihren Satz ab.

Mit der Bemerkung, dass man sich ja vielleicht noch einmal sehen werde, falls weitere Auskünfte nötig würden, wimmelte Callum Elvira geschickt ab. Lediglich ihre lange Verabschiedung mit der

Versicherung, eine pflichtbewusste Bürgerin zu sein, die der Polizei jederzeit zur Verfügung stünde, musste er noch ertragen.

„Mir wird diese Frau entschieden unheimlich!", stieß Isobel nach Elviras Abgang hervor. „Erst ist sie diejenige, die Roarke McLeod ins Museum einlässt, wo er seinem Mörder begegnet, dann ist sie es, die darauf besteht, nach Gladys zu suchen, die wiederum an Elviras Tochter interessiert war und tot zuhause liegt. Und jetzt findet ausgerechnet ihre Nachbarin den ermordeten Kenrick McLeod!"

„Genaugenommen hat die Schwester der Nachbarin Kenrick gefunden, noch genauer: Es war der Hund", berichtigte Callum in entschuldigendem Tonfall. Dabei neigte er den Kopf leicht zur Seite und zwinkerte spitzbübisch.

„Trotzdem! Normal ist das nicht mehr. Oder ist das so üblich bei euren Mordserien?"

„Unsere Mordserien ... wie scheußlich klingt das denn? Kenrick könnte auch bloß das zufällige Opfer eines durchgeknallten Sexpartners sein. Oder womöglich hat ihm ein Schwulenhasser aufgelauert. Ich frage mal beim Pathologen nach den Ergebnissen."

Der Bericht war noch nicht fertig, schließlich sei Wochenende, war die erste Antwort des Mediziners am Telefon. Callum registrierte den vorwurfsvollen Ton des Doktors.

„Den Todeszeitpunkt konnte ich auf etwa fünf Uhr

eingrenzen. Plus oder minus zehn Minuten. Der Körper zeigt äußerlich keine Spuren eines Kampfes. Im Genick ist ein kantiger Gegenstand angewendet worden, vermutlich mit einer Art glatten Schnur um den Hals hineingepresst. Es gibt entsprechende Spuren. Ich habe Hautproben ins Forensik-Labor geschickt."

Bevor Callum seine drängendste Frage stellen konnte, fuhr der Mediziner schon fort.
„Und ja, ich habe auch bereits auf Spuren sexueller Aktivität untersucht. Es gibt keine derartigen Hinweise, keine Spermareste, keine Schleimhaut-reizungen, keine spezifischen Veränderungen von Haut oder Skrotum und keine Rückstände von Kondom-Spermiziden. Nach meiner Einschätzung hatte der Tote seit mindestens zwanzig Stunden keinen Sex. Sollte ein derartiges Bedürfnis der Grund gewesen sein, warum der Tote den Fundort aufgesucht hat: Es kam nicht dazu! Er wurde nach dem Tod auch nicht transportiert – außer von euren Leuten natürlich."

Callum bedankte sich betont herzlich für diese Informationen. Er spürte Isobels Neugier und fasste das bisherige Ergebnis für sie zusammen.
„Kenrick McLeod hatte in den letzten Stunden keinen sexuellen Kontakt. Er ist an der Kelvin-brücke um fünf Uhr herum gestorben und es hat vorher keinen Kampf gegeben. Die tödliche Genickverletzung wurde durch einen scharfen

Gegenstand beigebracht, der wahrscheinlich mit einer Schnur gegen die Wirbel geknebelt wurde. Jetzt erklär mir mal, ob und wie dieser Mord mit den anderen zusammenhängt."

Dies sollte zwar nur eine rhetorische Frage sein, doch Isobel fühlte sich herausgefordert und sprudelte Ideen hervor.
„Ein enttäuschter Ex-Lover ist ihm zufällig begegnet und hat spontan die Gelegenheit genutzt ... Er hat andere Schwule provoziert oder gestört ... Er wurde von einem flüchtigen Dieb von der Treppe gestoßen, weil er im Weg stand und hat sich dabei das Genick gebrochen, – nein, das kann nicht stimmen, wenn eine Schnur im Spiel war, ... oder Elvira Clark hat ihn gestalkt und einen Mörder gedungen, weil ihre Tochter Doris ihn nicht als neuen Chef haben will, ... militante Vogelschützer haben von seinen Plänen erfahren und ihn im wahrsten Sinn des Wortes um die Ecke gebracht, ... oder es war wieder der Skaillmesser-Mörder, der irgendeinem verrückten Blutrausch folgt. Es kann so vieles sein."

„Isobel! Du machst mir meine Aufgabe jetzt nicht gerade leichter, auch wenn ich deine begnadete Fantasie bewundere. Nur noch eine klitzekleine Möglichkeit hast du vergessen: Fanatische Wissenschaftler, die ihre Grabungsstätte schützen wollen."
Er bemerkte ein gefährliches Glitzern in Isobels

Augen und schob sofort beschwichtigend nach: „Bestimmt gibt es außer Keith noch andere Archäologen in Schottland, oder?"

Isobel entspannte ihre geballten Fäuste, schluckte den aufgestiegenen Ärger hinunter und ihre aufeinander gepressten Lippen wurden wieder weich.

„Ja, sicher, es gibt noch andere Archäologen. Mir fällt Keith' Freund Fergus Wayne ein. Er wohnt und arbeitet in Edinburgh. Er war bei vielen Grabungen dabei und soweit ich weiß, arbeitet er immer noch an seiner Habilitationsschrift zur frühzeitlichen Besiedlung auf den Äußeren Hebriden. Übrigens hat er seine Freundin Sapphora dort auf Lewis kennengelernt, das hat Keith mal erzählt."

Sie bemerkte Callums Anspannung und seinen konzentrierten Blick.

„Das hat gar nichts zu bedeuten! Fergus würde ebenso wenig wie Keith das wertvolle Skaillmesser benutzen. Du musst dir das endlich aus dem Kopf schlagen!"

Der attraktive Detective schwieg lange, Isobel wartete etwas verärgert ab, ob er ihr seine Gedanken mitteilen würde. Schließlich straffte sich sein Körper, er schaute Isobel an.

„Ich werde rausfahren nach St. Kilda. Kommst du mit? Hast du Lust?"

„Wann?" Isobels Augen funkelten.

„Wie schnell kannst du deinen Rucksack packen?

126

Ich will die Abendfähre nach Harris erreichen. Wir werden warme Sachen brauchen."

Den Rest des Tages verbrachte Callum vor dem Rechner und am Telefon. Am Nachmittag war sich der Pathologe sicher und berichtete: Kenrick McLeod war durch massive Einwirkung eines scharfkantigen Gerätes gegen Atlas und Axis im Genick gestorben. Es war eine Rindslederschnur um den Hals verwendet worden, die den scharfen Gegenstand in die Wirbel geknebelt haben dürfte. Im Labor hatte man auch dieses Mal Mikrospuren von Basaltstein festgestellt.

Isobel begann zu packen, nachdem sie Deirdre und Keith besucht hatte.

Wilde Frau im Sturm

Ein Sturm kam aus dem Westen herangefegt. Während er ungebremst über den Nordatlantik tobte, türmte er riesige Wellen auf, die sich an den felsigen Küsten von St.Kilda überschlugen und schäumend brachen. Den frühen Nebel hatte der Sturm aufgerissen. Wäre ein Schiff in der grauen Wasserwüste unterwegs gewesen, hätten die Seeleute schon aus weiter Ferne gesehen, wie weiße Gischt an die Felsen schlug und eilig die Klippen hochkroch. In den Höhlen an der Wasserkante brauste und knallte brodelndes Wasser gegen Wände, die schon tausende Jahre dem Meer widerstanden hatten.

Brüllend wie das Meer und irrsinnig wild lachend stand eine Frau in einer Nische oben im Felsen und blickte über den tosenden Ozean. Sie breitete ihre Arme aus und spürte unbändige Lebenskraft durch ihren sehnigen Körper strömen.

Ihre langen, schwarzen Haare wurden vom Wind straff nach hinten gekämmt, ihr Herz schlug schneller, sie wusste, dass die Sturmwellen wieder alte Schätze aus dem versunkenen Land hochtrugen. Nach dem Sturm würde sie jagen gehen und bergen, was er freigegeben hatte.

Die Eissturmvögel in der Kolonie unter ihr saßen eng geduckt beisammen, sie erschraken kaum, als die Frau blitzschnell nach vorn zwischen die Tiere trat und eines von ihnen griff. Das Genick des Vogels war schon gebrochen, bevor sein Schrei die Kehle verließ. In wenigen Sätzen erreichte die wilde Frau die obere Klippenkante. Stolz richtete sie sich auf, der tote Vogel baumelte in ihrer Hand. Ihre Augen leuchteten, als sie den Blick über ihr Königreich schweifen ließ.

Sonntag: Auf den Äußeren Hebriden

Callum, Isobel und Lennox mussten mehr als zwei Stunden an der winzigen Hubschrauberstation warten, bevor der Sturm gegen acht Uhr abflaute und der Pilot bereit war, sie nach Hirta auf St. Kilda hinüberzufliegen. Am Abend zuvor hatten sie die letzte Fähre nach Talbert auf der Hebrideninsel Harris genommen, um früh weiterzureisen zu können nach St. Kilda.

Es war schwierig genug gewesen, einen Piloten für den Flug zu finden auf dieser Insel, dessen Bewohner sich strikt an alte biblische Sabbat-Gebote hielten und untereinander noch gälisch sprachen. Der Chiefinspector hatte spätabends noch den Deputy Commissioner in Glasgow einschalten müssen, um eine Flugerlaubnis für den Sonntag zu erhalten.

Nun hockte Isobel neben Callum im Helikopter und krampfte angstvoll die Hände um die Rückenlehne vor ihr. Der Wind rüttelte immer wieder an der Kabine, die ihr viel zu locker unter den Rotoren des Hubschraubers zu hängen schien. Sergeant McAllister hingegen, der sich gestern Abend bei kräftigem Seegang auf der Fähre sichtlich unbehaglich gefühlt und die meiste Zeit auf der Toilette verbracht hatte, schien völlig ungerührt zu sein bei diesem Flug.

Seine Überprüfung der Passagierlisten der letzten Tage hatte übrigens nichts Auffälliges ergeben. Bis auf fünf Ornithologen und drei an der Natur interessierte Frauen hatten nur einige Bewohner der Inseln Lewis und Harris das Schiff nach Hirta genutzt. Die Touristensaison würde erst in einigen Tagen, ab Mitte April, beginnen.

Alle Flüge nach St. Kilda wurden von der dortigen Militärstation überwacht, Callum hoffte, die entsprechenden Aufzeichnungen vor Ort zu erhalten. Ebenfalls erfolglos geblieben waren Lennox' Erkundigungen in der Abteilung Sitte. Es gab keinerlei Hinweise von Informanten aus der Szene, die den Mord an der Kelvinbrücke erklären könnten.

Ein erneuter Windstoß zerrte an der Kabine und ließ sie bedrohlich schaukeln. Isobel hatte Angst, was sie aber keinesfalls zeigen wollte.

Verstohlen sah sie zu Callum hinüber, dessen Profil mit dem Gehörschutz sehr fremdartig wirkte. Ihr wurde klar, dass sie selber wohl auch wenig attraktiv aussehen würde mit dem riesigen Headset gegen den Motorenlärm. Als hätte Callum ihren Blick gespürt, wandte er den Kopf und lächelte sie aufmunternd an. Ihr Versuch, zurückzulächeln, scheiterte kläglich. Sie war dankbar, als Callum ihre Hand griff und sie beruhigend streichelte. Der Helikopter benötigte fast eine Stunde bis zum kleinen Landeplatz nahe dem Militärposten auf der Hauptinsel Hirta.

Der Wind blies immer noch stark, als sie ausstiegen. Isobel schlug die Kapuze ihrer gefütterten Wetterjacke hoch und verschloss sie fest, bevor sie nach ihrem Rucksack griff.
„Ich bin gespannt, wie lange Keith und Fergus mit dem Boot hierher brauchen." Dann sah sie sich um, ein „Wow!" entfuhr ihr und sie öffnete schnell ihre Umhängetasche mit der Kamera.

Die Sicht war gut an diesem Vormittag auf St. Kilda. Wie aus einer Wolkenküche stiegen Nebelschwaden von den grünen Bergen ringsumher auf, der Wind trieb sie aber schnell wieder auseinander. Eilig trieben kleine Wolken am Himmel. Isobel war fasziniert von den wechselnden Bildern und ihre Angst beim Helikopterflug war jetzt weggeblasen wie die aufsteigenden Nebelschwaden vom Wind. Mit riesigen Schwingen schossen Basstölpel und Sturmvögel pfeilschnell über die Klippen, ein Pony wieherte vom Hang oberhalb des Landeplatzes, eine Gruppe Schafe graste hinter dem Absperrzaun des Geländes. Am Ufer des kleinen Flusses Tobar waren graue, flache Gebäude zu erkennen.

Begeistert marschierte Isobel los und rief Callum die Frage zu, ob er am Landeplatz fest-wachsen wolle.
„Eine erstaunlich energische Frau! Kaum hat sie festen Boden unter den Füßen, ist sie nicht mehr zu bremsen", murmelte Lennox, als er seinen Rucksack auf den Rücken wuchtete und seinem Chef und Isobel zum alten Dorf folgte.

Am Samstag hatte Callum noch einmal seinen Bruder angerufen. Theo hatte Callums Vorwurf aus dem letzten Gespräch, eine Mimose zu sein, noch nicht vergessen und fragte süffisant zurück, ob eine Mimose denn geeignet sei, über die Militärstation auf St. Kilda eine Übernachtungsmöglichkeit zu organisieren. Erledigt hatte er die Bitte des Bruders dann aber doch erfreulich schnell. Nun brauchte Callum im Dorf nur nach Branwyn Mc Gregor zu fragen. Sie war Zivilangestellte bei der Army und für die Verwaltung der wenigen Wohngebäude zuständig.

Falls der Chiefinspector eine Art Hausmütter-chen erwartet hatte, erklärte das seine Überraschung, die er kaum verbergen konnte, als er Branwyn begegnete. Isobel amüsierte sich ungemein über seinen verblüfften Gesichtsausdruck, denn noch bevor Callum beim Militärposten nach der Hausverwalterin fragen konnte, kam eine junge Frau mit wehenden Haaren auf einem silbergrauen Highland-Pony ohne Sattel herangaloppiert.

„Ich bin Branwyn", stellte sie sich vor, während sie elegant vom Pferd glitt, flink die Zügel von einem Halfter ohne Trensengebiss löste und dem Pferd einen Klaps gab. Es trabte daraufhin Richtung Berghang davon.

„Ich habe Sie ankommen sehen, Sie müssen der Besuch von der Glasgower Polizei sein. Richtig?"

Mit geübtem Griff fasste sie ihr langes schwarzes Haar und knotete es im Nacken locker zusammen, was ihr eine sogleich eine gewisse Professionalität verlieh.

Branwyn Mc Gregor war unerwartet jung, ihre Ausstrahlung fast überwältigend, trotz der schlichten Bekleidung. Sie trug verwaschene Jeans, dazu eine olivfarbene Weste über einem naturfarbenen Wollpullover. Isobel überlegte, ob die dominante Wirkung dieser Frau auf ihre Körpergröße und ihre fast männlich muskulöse Gestalt zurückzuführen war, oder auf ihre dunkle, tragende Stimme und die eindrucksvollen blauen Augen. Über den Ausdruck in diesen Augen erschrak Isobel ein wenig. Ihr kam es vor, als ob gleichzeitig Wildheit, Trauer und Zorn aus dem Blick dieser ungewöhnlichen Frau sprachen. Sie mochte etwa 30 Jahre alt sein und war fast ebenso groß wie Callum.

Lennox McAllister konnte seine Überraschung gar nicht verhehlen, es fehlte nur, dass ihm der Mund offenstand. Er starrte Branwyn unverwandt an, während der Chiefinspector sich und seine Begleiter höflich vorstellte.
„Wir sind sehr dankbar, dass Sie uns beherbergen wollen", sagte er abschließend, „und ich hoffe, dass wir Sie nur für eine Nacht stören müssen auf dieser atemberaubend eindrucksvollen Insel. Ich kann gut verstehen, dass Sie trotz der Abgeschiedenheit hier in dieser wilden Schönheit leben möchten."

Callum hatte offenbar die richtigen Worte gefunden, denn Branwyns Gesicht wurde weicher.
„Ich habe für Sie ein Apartment mit zwei Schlafzimmern vorbereitet, eine Person kann bei Bedarf im Wohnzimmer schlafen. Werden Sie die Küche benutzen? Es sind aber nur Tee, Kaffee, Zucker und Milchpulver vorhanden. Mir wurde versichert, Sie würden eigenen Proviant mitbringen."

Sie waren vor einem der niedrigen Feldsteinhäuser stehengeblieben, Branwyn Mc Gregor öffnete die unverschlossene Tür.
„Brauchen Sie einen Schlüssel? Irgendwo sollte er

sein. Wir hier benutzen keine Schlüssel. Nur die Army hält ihr militärisches Gelände verriegelt. Diese Leute verstehen nichts von der Insel und ihren Gesetzen."

Callums Brauen zuckten überrascht hoch, doch er schwieg.

Die Unterkunft mit den kleinen Fenstern war kühl und ziemlich dunkel, aber das Bettzeug nicht feucht. Isobel entschied sich für den kleineren Schlafraum mit einem schmalen Einzelbett, nahm nur ihre mitgebrachten Lebensmittel aus dem Rucksack und brachte sie in die kleine Küche. Dort war Callum damit beschäftigt, den Kühlschrank einzuräumen. Das Teewasser summte im Wasserkocher. Aus dem Wohnraum schimpfte Lennox.

„Mein Smartphone hat keinen Empfang! Auch draußen nicht."

Callum zwinkerte Isobel zu, doch seine Stimme klang schuldbewusst, als er flüsterte, dass er absichtlich vergessen hätte, seinen Sergeant darüber zu informieren, dass hier draußen kein Empfang mobiler Daten möglich war. Isobel lachte laut auf.

„Wie eine Familie auf Urlaub benehmen wir uns." Sie füllte Tee in große Becher. „Wer kommt gleich mit auf eine Erkundungstour? Ich will fotografieren!"

In diesem Moment klopfte draußen jemand energisch an die Tür. Callum öffnete und ein strahlender Keith mit windzerzausten Haaren kam herein.

„Wir sind auch da! Unsere Zelte haben wir am Ende des Dorfes aufgestellt, dort gibt es ein kleines Areal des National Trust für diese Zwecke, aber der Tee ist bei uns auf dem kleinen Gaskocher noch nicht fertig. Sapphora kümmert sich darum. Ja", nickte er in Isobels Richtung, „Fergus hat sie einfach mitgebracht heute Morgen. Wir sind schon seit fünf Uhr unterwegs und die Überfahrt war wirklich heftig."

Er grinste. Isobel schob ihm ihren Becher hinüber. „Bediene dich! Ich mache mir einen neuen. Dafür zeigst du mir anschließend die interessantesten alten Gemäuer, ja?"

„Ich darf mich doch bestimmt anschließen, oder? Mal schauen, was hier los ist und ob sich irgendwo ein mysteriöser Mörder in den Steinzeitresten finden lässt", meldete Callum ebenfalls sein Interesse an.

Sie spazierten gemächlich durch das Dorf. Isobel fotografierte eifrig, sie war begeistert vom wechselnden Sonnenlicht, verursacht durch Wolkenformationen, die eilig am Himmel trieben oder als weiße Schicht am Horizont lagerten. Sie nahm nicht wahr, dass Callum sich plötzlich bückte, einen glänzenden Gegenstand aufhob und vorsichtig in seine Jackentasche steckte. Keith war damit beschäftigt, die Hänge hinauf zu den Klippen mit geübtem Auge intensiv auf Veränderungen abzusuchen

Am Ende des Dorfes hielten sie beim Zelt der Archäologen an und begrüßten Fergus und dessen Freundin Sapphora Sterling, eine eigenartig herbe Schönheit mit kräftigem Knochenbau. Ein großer Mund und grüne Augen dominierten das markante Gesicht, ihre kräftigen, blonden Haare hatte sie zu einem dicken Zopf geflochten.
‚Wie eine kämpferische Wikingerfrau‘, dachte Isobel.
Sie war erstaunt, dass Fergus sich in eine Frau verliebt hatte, die optisch ein regelrechter Kontrapunkt zu seiner eigenen, für einen Mann eher zierlichen Erscheinung darstellte. Fergus schloss sich ihnen für den Erkundungsgang an, Sapphora wollte nicht mitkommen.

Mehr als zwei Stunden waren sie über die Insel gewandert, Isobel hatte zahlreiche Fotomotive gefunden, darunter auch eine höhlenartige Kapelle mit einem in den Fels gravierten Kreuz aus frühchristlicher Zeit. Sie trafen keine anderen Menschen, doch etliche Schafe und zwei misstrauische Ponys begegneten ihnen.

Keith führte die Gruppe an den Rand einer Steilklippe. Das tosende Meer unter ihnen bot einen atemberaubenden Anblick. Noch bedrohlicher als die Naturgewalten in der Tiefe erschienen Isobel die massenhaften Seeschwalben, Sturmvögel und Basstölpel, die beständig von ihren Brutkolonien in den Felswänden abflogen oder von der See zurückkehrten und oft nur knapp über ihren Köpfen vorbeizischten. Als Fergus sie zu einem kleinen grasbewachsenen Pfad hinüberwinkte und seitwärts auf einen Felsen mit Brutlöchern im darauf lagernden Lehm zeigte, vergaß Isobel ihr Unbehagen wegen der steil abfallenden Klippe direkt unter ihr.

In der Kolonie mit den hübschen Papageientauchern herrschte reger Betrieb. Manche Paare gruben sich mit dem starken Schnabel neue Höhlen, andere zankten sich mit Nestrivalen oder verteidigten eisern eine alte Brutröhre, in der sie auch dieses Jahr ihre Jungen aufziehen wollten. Immer wieder zeigten sich die putzigen Gesichter mit den großen bunten Schnäbeln der Papageientaucher, Isobel war total begeistert von diesen drolligen Vögeln.

„Callum, sieh dir das an!", rief sie, „aber sei vorsichtig, es ist ganz steil unter uns."
Callum kam herüber und nutzte die Gelegenheit, wie zufällig seinen Arm schützend um Isobel zu legen.
„Die sind so niedlich!", flüsterte sie, „wie können die Leute diese bezaubernden Tiere nur töten und essen?"
„Ich glaube, solche Zeiten sind vorbei", antwortete

Callum leise und zog Isobel ein wenig an sich, „die Tiere stehen doch inzwischen unter Artenschutz."

„Aber Fotos darf ich schießen, das schadet ihnen nicht."

Isobels Kamera klickte noch oft.

Auf dem Rückweg verharrte der Chiefinspector plötzlich und starrte intensiv auf die vorspringende Felswand rechts von ihnen.

„Ich hätte schwören können, dass sich da drüben ein Mensch bewegt hat."

Er schüttelte ungläubig den Kopf, denn eine unüberwindliche Kluft schien den Felsabschnitt von der Küstenlinie völlig abzutrennen. Wie sollte ein Mensch oder auch nur ein Schaf dort hingelangen? Die anderen hatten nichts bemerkt.

Isobel fotografierte noch einige Fundorte der im Clydesdale-Museum ausgestellten Stücke. Keith und Fergus wussten noch genau, wo sie welches Schmuckstück, Werkzeug oder eine Scherbe ausgegraben hatten. Keith zeigte mit leuchtenden Augen auf den zentralen Bergrücken der Insel.

„An der Westseite sind noch viele intakte Cleiteans*, bei unserer nächsten Grabung wollen wir uns in dem Geröllfeld dort vorarbeiten. Ich bin sicher, wir finden was! Heute Nachmittag werden wir dort schon mal vermessen und markieren."

Haltung und Stimme des Archäologen zeigten eine derartig leidenschaftliche Begeisterung, dass

Callum verstand, warum Isobel es kategorisch ausschloss, dass Keith oder Fergus jemals das verschwundene Skaillmesser missbrauchen könnten.

---

*Cleiteans sind kuppelförmige Strukturen aus flachen Felsbrocken, die oben mit Torf abgeschlossen sind. Sie dienten als Lager für Nahrungsmittel wie getrocknetes Fleisch, Eier, Getreide und Heu, auch zum Lagern von Brennmaterial oder im Winter als Unterstand für Lämmer. Durch die seitlichen Hohlräume zwischen den Steinen kann der Wind wehen, aber gegen Regen bieten die oben geschlossenen Cleiteans guten Schutz. Der Ursprung dieser Lagergebäude liegt in prähistorischen Zeiten.

Die Amazonenherrscherin

Über ihr trieben Wolken nach Südosten, die immer wieder Schatten auf das Land hinter ihr warfen. Manchmal wurde das Weiß einer Gruppe von Soay–Schafen ins Dunkle getaucht, manchmal dämpften die Schatten das intensive Grün der weiten Flächen zu dunklen Flecken. Die wilde Frau schaute über das immer noch vom Sturm aufgewühlte Meer hinüber nach Boreray mit dem Stac Levenish-Felsen davor.

Sie streckte die offenen Arme aus, als wollte sie ihr Inselreich umarmen, hob das Gesicht der Sonne entgegen, drehte sich langsam im Kreis, lauschte und spürte es in jeder Faser: Ihr Land lebte. Eine Raubmöwe schoss an ihr vorbei die Klippe hinunter, die Sturmschwalbe in ihren Klauen schrie nur kurz. Hinter der Halbinsel Dun blitzte es am Himmel auf, ein Sonnenstrahl wurde von einem Hubschrauber reflektiert.

Wieder waren Fremde auf dem Weg in ihr Königreich. Die Frau ballte die Fäuste, ihre Augen verengten sich zu bösen Schlitzen, sie stieß einen Fluch in einer uralten Sprache hervor. Lange Jahre hatte sie gebraucht, um als Herrscherin auf diesem abgeschiedenen Inselreich ihre elende Jugendzeit hinter sich zu lassen. Doch nun kamen immer häufiger Fremde in ihr Reich. Sie störten ihren Frieden und ließen alte Bilder in ihrem Kopf auftauchen, die sie nicht sehen wollte. Den Kampf gegen schlimme Erinnerungen hatte sie noch nicht gewonnen.

Der Mann. Das Bett, auf das er sie gestoßen hatte. Sein Schweiß, sein Keuchen. Blut und Sperma zwischen ihren Beinen. Ihr eigenes Schluchzen. Als das Gewicht des Mannes endlich ihren Körper verlassen hatte, fiel die Tür laut hinter ihm zu. Sie krümmte sich in Demütigung und Schmerz. In diesem Moment, hier draußen allein mit dem Meer, fühlte und hörte sie all das aufs Neue. Tränen liefen ihre Wangen hinab. Sie spürte wieder das Baby in ihrem Bauch, hörte seinen ersten Schrei. Sie riss den Mund auf, schrie verzweifelt über das Meer.

Callums Fund wirft Fragen auf

Als sie am späten Mittag in die Unterkunft
zurückkamen und der Duft von gebratenen Eiern,
Würstchen und Tomaten sie empfing, spürten
Callum und Isobel ihren Heißhunger. Sie waren
Lennox äußerst dankbar für seine Tätigkeit in der
Küche.

„Ich bin bloß ein bisschen durchs Dorf
spaziert", erzählte Lennox beim Essen, „hier ist
wirklich gar nichts los! Lediglich zwei Soldatinnen
habe ich unterwegs gesehen und unsere Wirtin, sie
hat sich übrigens mit der Freundin des anderen
Altertumsforschers unterhalten. Die beiden
schienen sich zu kennen."
„Gut möglich, Sapphora Sterling wohnt schließlich
auf Lewis – was hier vermutlich als enge Nachbar-
schaft gilt", meinte Callum Abel amüsiert. „Aber seht
mal, was ich gefunden habe."

Er nahm ein Papiertuch und zog vorsichtig einen silbern glänzenden Gegenstand aus der Seitentasche seiner Jacke, die hinter ihm über der Stuhllehne hing. Lennox schaute verblüfft, Isobel schnappte nach Luft.

„Das hast du hier auf Hirta gefunden?", stieß sie ungläubig hervor, „das ist einer der verchromten Kartenträger aus der Museumsvitrine! Wie kann das sein?"

„Wenn nicht jemand von uns oder einer der Archäologen das Ding verloren hat, dann war ein Bewohner der Insel im Museum in Glasgow", legte sich der Chiefinspector fest.

„Aber das ergibt doch keinen Sinn!", wandte Lennox ein, „warum, zum Kuckuck, sollte irgendjemand ein so überflüssiges Teil auf die Insel bringen? Selbst für den Mörder kann ein Kartenaufsteller doch nicht interessant sein."

„Aber der Aufsteller und das Kärtchen sind gleichzeitig mit dem Skaillmesser aus der Vitrine verschwunden, das steht einmal fest. Wo genau hast du ihn gefunden?", wollte Isobel wissen.

„Im Gras direkt neben dem Pflaster der Dorfstraße, nur 80 m oberhalb des Büros vom National Trust. Das Büro war übrigens unbesetzt. Im Fenster liegen zwar Broschüren und Souvenirs, aber die wenigen Preisschilder stecken in originell angesägten Kieselsteinen. Da gibt es keine verchromten Kartenhalter."

Alle drei schwiegen nachdenklich, bis Lennox den glitzernden Gegenstand in einem Plastikbeutel für die Laboruntersuchung sicher verpackt hatte.

„So, und jetzt will ich rausfinden, welche Inselbewohner mit welchem Verkehrsmittel in der letzten Woche hier angekommen sind. Ich gehe davon aus, dass es der Mörder war, der den Kartenaufsteller auf die Insel gebracht hat – warum auch immer!"
Der Chiefinspector klang sehr entschieden.

Bei dem Gedanken, auf diesem kleinen Eiland jederzeit einem Mörder in die Arme laufen zu können, war es Isobel etwas mulmig zumute, daher protestierte sie nicht, als Callum sie bat, ihn zu begleiten und immer in seiner Sichtweite zu bleiben.
„Es gibt mir hier zu viele Steilklippen und große hungrige Seevögel. Sogar Killerwale schwimmen draußen im Meer herum, hab ich gelesen. Es dürfte kinderleicht sein, hier eine Leiche zu entsorgen."
„Hör auf mit deinen makabren Fantasien. Ich hab' schon verstanden und werde brav in eurer Nähe bleiben."

An der Wache des abgesperrten militärischen Bereiches trafen sie auf einen gelangweilten Soldaten, der keinerlei Kooperationsbereitschaft zeigte und Callum mit der Bemerkung abwies, dass am Sonntag kein Büro besetzt sei. Callum zwang sich, erst bis drei zu zählen, bevor er den Posten aufforderte, ihm entweder jetzt den Kontakt mit dem Kommandanten herzustellen oder er würde das selber über seinen Bruder im Hauptquartier erledigen lassen. Wegen der Behinderung von Polizeiarbeit in einem Mordfall könne er sich schon mal eine gute Ausrede für seine Vorgesetzten ausdenken.

Lennox wandte sich ab und ging vorsorglich einige Schritte zur Seite, die belustigte Überraschung in seinem Gesicht hätte den Soldaten bestimmt misstrauisch gemacht. Ein solch arroganter Auftritt war für den Chiefinspector völlig untypisch, Lennox war beeindruckt von dieser Vorstellung. Glücklicherweise zeigte sich nun auch der Posten beeindruckt und griff eilig zu einem altmodischen Telefonhörer. Es dauerte keine fünf Minuten, bis ein untersetzter Offizier erschien und sich gutgelaunt als Chef vom Dienst vorstellte. „Wie kann ich helfen, Chiefinspector?", wollte er wissen.

Callum skizzierte knapp, dass die Spuren einer Mordserie in Glasgow nach St. Kilda führten. Nun müsse er wissen, welche Personen seit letztem Montag die Insel verlassen bzw. aufgesucht hätten. „Uns interessieren alle Flugpassagiere und privaten Boote. Ich nehme an, dass Sie die Kontrolle darüber haben?"
Nur einen kurzen Moment musterte der Offizier

den Besucher skeptisch, dann nickte er.

„Ja, wir führen Listen aller Ankünfte, aber es war nicht viel los in der letzten Woche. Soweit ich weiß, ist nur der Commander aufs Festland zu seiner Familie geflogen und zwei Frauen im Mannschaftsgrad. Ein paar Ornithologen waren für zwei Nächte auf dem Campingplatz und sind auf den Klippen herumgeklettert. Ach ja, auch die Hausverwalterin war ein paar Mal auf Lewis, sie besucht die Großen Hebriden häufig. Hat vielleicht Verwandte dort oder langweilt sich hier. Wäre ja kein Wunder. Viel ist hier nicht für sie zu tun, aber manchmal bedient sie auch das Tenderboot zum Pier unten in der Village-Bay. Private Schiffe müssen nämlich draußen ankern. Ist Vorschrift der Naturschutzbehörden. Ich lasse Ihnen eine Kopie der Liste machen."

Erleichtert bemerkte Callum, dass der Offizier über ein laut knarrendes Funkgerät verfügte und hörte ihn jemanden beauftragen, ihm die Liste mit den Ankünften und Abflügen der letzten zehn Tage zu bringen.

„Unbedingt auch die Aufzeichnungen von jeglichem Schiffsverkehr in dieser Zeit!", fügte er hinzu.

Kurz darauf befanden sich zwei Listen mit den Personalien diverser Reisender in Callums Hand.

„Vielen Dank! Mit Ihnen zusammenzuarbeiten macht Spaß. Vorzügliche Effizienz!", sagte Callum anerkennend und reichte dem Deputy Chief spontan die Hand. Der Offizier reagierte schnell, unterbrach die Armbewegung zum militärischen Gruß und entgegnete den Händedruck. Isobel hatte einen Blick auf die Baustelle neben dem Areal geworfen, offenbar wurden hier Gebäude der Militärstation erneuert, aber am Wochenende wurde natürlich nicht gearbeitet. Sie kam gerade rechtzeitig zurück, die Geste des Offiziers zu beobachten, aber sie wollte sich nicht in die Begegnung einmischen und wartete in einiger Entfernung auf Callum.

„Steht Elvira Clark etwa auf der Liste?", fragte sie kurz darauf amüsiert und linste neugierig auf das Papier, das Callum und Lennox so ernsthaft studierten.

„Nein, das nicht. Aber die haben doch tatsächlich schon unsere Gruppe und auch die Archäologen hier verzeichnet", antwortete Callum. „Sonst kenne ich niemanden von den Zivilisten, außer Branwyn Mc Gregor natürlich. Sie hat von Dienstag bis Mittwoch Harris besucht und Freitag bis Samstag noch einmal. Das würde zwar passen, aber sie war auf keiner Fähre zum Festland. Die beiden Soldatinnen hat der Deputy Chief ja bereits genannt und ein Colonel Malcolm war von Sonntag bis Donnerstag nicht hier. Wir werden die Soldatinnen befragen müssen. Lennox, erkennst du einen der Namen von der Passagierliste der Fähre zum Festland wieder?"

„Spontan nicht, werde ich aber noch abgleichen, Chef."

Callum starrte lange unzufrieden auf die Liste, so, als ob sie noch verborgene Nachrichten enthalten könnte, bis aufgeregte Rufe oben vom Berg seine Aufmerksamkeit erregten. Drei Personen und ein beladenes Pferd näherten sich. Ein Mann rannte der Gruppe voraus, es war Fergus Wayne.

Angriff auf Keith

Etwa zur gleichen Zeit, als der Chiefinspector sich mit seinem Sergeant und Isobel zur Militärstation aufgemacht hatte, waren die Archäologen zur Westseite des Conachair aufgebrochen. Keith und Fergus einigten sich auf ein Areal, das ihnen vielversprechend für die nächste Grabung erschien, und Keith griff zum Laser-Messgerät. Fergus marschierte mit einer kleinen Axt und mehreren signalrot angesprühten Holzpflöcken in die abgesprochene Richtung zum reflektierenden Lichtpunkt des Messgerätes. Plötzlich stoppte er abrupt und drehte sich hastig herum. Fast gleichzeitig mit dem eigenartig zischenden Geräusch hinter sich hatte er Sapphora aufschreien gehört. Er sah Keith wanken und zu Boden sinken.

Fergus ließ Axt und Holzstöcke fallen und rannte zurück. Er fluchte verzweifelt, als er einen Pfeil seitlich in Keith' Nacken stecken sah. Die

Wunde blutete beängstigend stark, aber das Blut pulsierte nicht. Vielleicht war die Schlagader nicht getroffen, hoffte Fergus inbrünstig.

„Keith, alter Junge, halt durch, wir helfen dir!", redete er auf seinen Freund ein.

Der aber hörte ihn schon nicht mehr. Sapphora hatte sich aus ihrer Schockstarre gelöst, fingerte schluchzend in ihrem Rucksack herum und fand endlich das Erste-Hilfe-Päckchen. Aber sie starrte es nur ratlos an.

„Sollen wir den Pfeil herausziehen?", fragte sie weinend.

Fergus' Gedanken rasten. Wie sollte er ohne Netz-Empfang Hilfe herbeischaffen? Hoffentlich gab es einen Arzt in der Army-Station ... Er tastete nach dem Puls von Keith und war erleichtert, das Herz schlug noch. Doch die Gesichtsfarbe des Kollegen war beängstigend fahl geworden. Vorsichtig drehte er seinen Freund auf die Seite, wagte aber noch nicht, den Pfeil zu entfernen.

„Ich versuche jetzt ...", doch er brach die Erklärung für Sapphora ab.

Mit polternden Galoppsprüngen kam ein Reiter aus den Ruinen des rätselhaften bogenförmigen Hofes am Hang gegenüber herangepresscht, das Wasser des kleinen Baches in der Senke spritzte auf und schon erkannte Fergus Wayne eine Frau mit wehenden schwarzen Haaren.

Während er sich noch erstaunt aufrichtete, war die Frau bereits vom Pony gesprungen und beugte sich über Keith. Sapphora stieß erleichtert aus: „Branwyn! Kannst du helfen?"
„Steh nicht herum wie angewachsen, gib mir das Verbandszeug aus deiner Hand!"
Beinahe fühlte sich Fergus schuldig, als er die Verantwortung für Keith' Leben in die Hände der fremden Reiterin legte.

Aber diese unerschrockene Frau kannte sich aus. Mit geübtem Griff entfernte sie geschickt den Pfeil und drückte im gleichen Augenblick eine Mullkompresse in die Wunde. Nach wenigen Minuten schien die Blutung zu versiegen. Nervös überlegte Fergus, wie viel Blut der Freund schon verloren hätte und suchte am Handgelenk erneut nach dem Puls. Er seufzte erleichtert, als er ihn noch fühlen konnte. Sapphora reichte mit zitternden Händen Branwyn die restlichen Kompressen und Mullbinden hinüber.

„Wir müssen ihn zur Army rüberbringen. Es gibt keine andere Möglichkeit. Helfen Sie mir!", forderte Branwyn Mc Gregor den Archäologen auf, nachdem sie die Wunde so fest verbunden hatte, dass Sapphora ängstlich fragte: „Kann er noch atmen?"
Mit Fergus' Hilfe lagerte Branwyn den bewusstlosen Keith bäuchlings quer über ihr Pferd, das sich allein durch ihre Worte, die den beiden

anderen unverständlich blieben, vorsichtig in Bewegung setzte. Sie herrschte Fergus an, er möge vorauslaufen und den Arzt auf der Militärstation alarmieren.

Fergus' lautes Rufen war es gewesen, das Callum aus seinen Überlegungen gerissen hatte. Isobel war sofort losgesprintet in Richtung der Ankommenden. Ihr Herzschlag setzte fast aus, als sie den schlaffen Körper ihres Schwagers auf dem Pony erkannte. Entsetzen packte sie, doch Sapphora rief: „Er lebt noch. Wir brauchen sofort einen Arzt!"

Callum war Isobel gefolgt und reagierte sofort. Den Posten brüllte er an: „Sie sehen doch, was los ist! Schaffen Sie sofort eine Trage und den Arzt her! Er soll eine Infusion mitbringen, der Verletzte hat viel Blut verloren."
Gleichzeitig hob er mit Branwyn Keith vom Pferd. Der Soldat wagte zwar nicht, seinen Wachtposten zu verlassen, war aber imstande, zügig das Telefon zu bedienen. Als er anschließend eine Transportliege herbeigeschafft hatte, lagerten sie Keith darauf. Isobel liefen Tränen aus den Augen, während sie sich über ihren Schwager beugte, ihn streichelte und schluchzend beschwor, durchzuhalten.

Wenige Minuten später kam staubaufwirbelnd ein kleines Militärfahrzeug neben dem Tor zum

Halten. Ein schlanker Mann in Zivil lief mit seinem Arztkoffer sofort zu Keith, der mollige Deputy Commander folgte ihm so schnell er konnte.

„Was ist passiert?"

„Der Archäologe wurde angeschossen. Mit einem Pfeil. Ich habe den Pfeil aus seinem Nacken gezogen und einen provisorischen Druckverband angelegt", informierte Branwyn den Arzt und den Diensthabenden kurz und bündig. Der Doktor nickte, fand endlich eine nicht kollabierte Vene und konnte die Infusion legen.

„Der Mann muss auf dem Festland versorgt werden, wir brauchen den Hubschrauber", entschied er.

Schnell gab der Offizier knappe Befehle über Funk, und auf dem Militärgelände setzte eine auffällige Betriebsamkeit ein. Zwei zivile Bedienstete kamen angerannt und griffen nach der Transportliege mit dem bewegungslosen Keith darauf. Mit der Infusionsflasche in einer Hand begleitete der Arzt eilig die Träger. Isobel und Callum ignorierten alle Vorschriften und liefen einfach am Posten vorbei ebenfalls auf das Gelände. Sekunden später begann ein startender Helikoptermotor zu knattern, dann wurde das Motorengeräusch gleichmäßig. Als Keith mit geübten Griffen der Helfer im Hubschrauber verstaut war, schluchzte Isobel auf.

„Deirdre ist doch gerade schwanger geworden – was ist, wenn er es nicht schafft?"

Callum nahm sie in die Arme und einen Moment lang weinte sie an seiner Schulter, bevor sie ihre Beherrschung zurück erlangte.

„Der Arzt begleitet ihn in die Glasgower Uniklinik, ich habe gehört, dass der diensthabende Offizier den längeren Flug genehmigt hat. Die schaffen das in Glasgow, davon bin ich überzeugt!", versuchte Callum zu trösten.

Isobel löste sich von ihm und schaute dem gestarteten Hubschrauber hinterher. Ihre Lippen bewegten sich, doch es war kein Laut zu hören. Callum Abel legte einen Arm um ihre Schulter, als er sie zum Tor zurückführte.

Zurück nach Harris

Die ungewohnte sonntägliche Betriebsamkeit auf dem Gelände hatte inzwischen auch den Kommandeur auf den Plan gerufen. Von seinem Deputy und dem Chiefinspector ließ er sich die Lage schildern.

„Mir ist nicht bekannt, dass unsere Soldaten Bogenschützen wären – das ist seit mehreren hundert Jahren schon nicht mehr der Fall", bemerkte er trocken. „Damit wären Sie als Polizei wohl zuständig für die Ermittlungen zu diesem Mordversuch. Welche Unterstützung brauchen Sie?"

Dem Chiefinspector gefiel die direkte Art des Kommandeurs.

„Was wir jetzt dringend brauchen, sind Kommunikationsmöglichkeiten", sagte er, „wir müssen so schnell wie möglich zurück nach Harris, dort haben wir Netzempfang und können agieren. Wir werden bald mit Verstärkung zurückkommen und brauchen dann wieder Quartier."

Der Kommandeur nickte. „Geben Sie mir 80 Minuten, dann wird ein Hubschrauber bereit sein und Sie rüber fliegen. Vier Personen inklusive Pilot, mehr ist jetzt nicht möglich. Sie werden auf Harris übernachten müssen, es ist schon spät. Die nötigen Quartiere hier auf der Insel werden ab morgen früh zu Ihrer Verfügung stehen."

Der Wind trieb jetzt ungemütlichen Regen mit sich. Callum Abel hielt Branwyn zurück, als sie auf ihrem Pony den Platz am Tor verlassen wollte.

„Mrs. Mc Gregor, wo befanden Sie sich, als der Angriff auf Keith Fraser erfolgte? Haben Sie gesehen, von wo der Pfeil abgeschossen worden ist?"

„Es war Zufall. Ich war unterwegs und habe die Archäologen dort arbeiten gesehen. Als ich aus dem unteren Hornhof kam, sackte plötzlich einer der Männer zusammen. Ich weiß nicht, woher der Pfeil gekommen ist – wahrscheinlich aber aus einer Höhle weiter oben am Conachair. Der Pfeil steckte schräg, er muss von oberhalb abgeschossen worden sein. Ich bin sofort dem verletzten Mann zu Hilfe geeilt, habe deshalb nicht darauf geachtet, ob sich oben am Hang noch etwas bewegt hat. Ich kann Ihnen nicht weiterhelfen."

Sie wendete Ihr Pony und trabte hinunter in Richtung Bootsanleger. Isobel hatte sie genau beobachtet, doch mehr als eine gewisse Traurigkeit hatte sie nicht in Branwyns blauen Augen entdeckt.

Fergus konnte nur berichten, dass er das zischende Geräusch des Pfeiles hinter sich zwar wahrgenommen hatte, aber nicht bestimmen könnte, aus welcher Richtung es gekommen war. Sapphora erinnerte sich lediglich an ihren Schock und das viele Blut, das aus Keith' Nacken geströmt war.

„Wenn Branwyn nicht gekommen wäre ... Ich mag gar nicht daran denken", murmelte sie.

„Mr. Wayne, ich möchte Sie bitten, mit meinem Sergeant zum Tatort zurückzukehren. Sie werden die Stelle bestimmt schnell wiederfinden, das spart uns Zeit. Wir packen inzwischen unsere Sachen und regeln alles für den Rückflug. Bitte bringen Sie uns den Pfeil, er muss von der Kriminaltechnik untersucht werden. Haben Sie Handschuhe? Noch mehr Fingerabdrücke sollten wir nämlich vermeiden."

Lennox MacAllister machte sich mit Fergus Wayne eilig auf den Weg. Der Archäologe und Sapphora würden erst am Montag mit dem Boot die Insel verlassen können, aber die Hausverwalterin hatte Isobels Vorschlag zugestimmt, dass die beiden die nächste Nacht im ungenutzten Apartment der Polizisten verbringen konnten, statt im feuchten Zelt.

Callum würde in Talbert auf Harris Verstärkung aus Glasgow anfordern und mit den Männern nach St. Kilda zurückkehren, schließlich befand sich immer noch ein Mörder auf Hirta.

„Ich möchte aber dabei sein, wenn ihr den Kerl verhaftet!", schaltete Isobel sich in Callums Pläne ein. „Wenn es Keith besser gehen sollte, komme ich wieder mit. Geht das?"

Callum schaute sie liebevoll-amüsiert an.

„Ich erkläre dich zu meiner sachverständigen Assistentin, falls es kritische Fragen gibt, okay?"

„Sachverständige für Legenden und Amazonen allenfalls", schwächte Isobel ab. Ein Gedanke schoss ihr durch den Kopf. „Der Mörder muss überhaupt kein Mann sein! Ich habe dir doch von den Amazonen erzählt, und Keith wurde von einem Pfeil getroffen ... Meinst du nicht, es könnten die Amazonen gewesen sein?"

„Ob Amazone oder andere Phantome – wir werden den Täter kriegen! Lass uns die Rucksäcke packen."

Kurz bevor der Hubschrauber startete, kam Lennox hastig angerannt.

„Chief, der Pfeil ist weg! Eine Blutlache habe ich am Tatort gefunden, aber der Pfeil ist spurlos verschwunden. Der Täter muss ihn eingesammelt haben."

Mit dem letzten Tageslicht landeten sie auf Harris. Ein Taxi wartete am Flugplatz. Noch vor der Autofahrt zum kleinen Hotel griffen alle drei zu

160

ihren Mobiltelefonen. Lennox diskutierte mit der Wache des Glasgower Polizeipräsidiums, Callum rief den Behördenchef auf dessen Privatnummer an. Der sagte ihm für den nächsten Morgen ein Boot der Küstenwache zu sowie zwei Polizeihubschrauber.

Isobel erreichte ihre Schwester Deirdre auf dem Handy, sie war bei Keith im Krankenhaus. Er war soeben aus dem Operationssaal zurück und befand sich nun in der Intensivpflege.
„Er ist aber schon ansprechbar und hat mich erkannt! Wie konnte so ein Angriff überhaupt passieren? Warum Keith?" Deirdre war sehr aufgeregt.
Isobel fiel ein Stein vom Herzen. Warm durchströmte sie eine grenzenlose Erleichterung und ließ ein paar Tränen kullern.
„Gott sei Dank! Diese sonderbare Frau auf St. Kilda hat ihn gerettet. Sie war zur Stelle und hat ihn versorgt. Wir müssen ihr wirklich dankbar sein."
Sie erzählte ihrer Schwester alles, was sie von dem Anschlag und über Branwyn wusste. Deirdre berichtete, dass die Ärzte Keith' Zustand ziemlich optimistisch einschätzten.
„Er kann wieder ganz gesund werden, haben sie gesagt."

Diese erlösende Nachricht hatte Isobels Stimmung dermaßen aufgebessert, dass sie nach dem Abendessen noch lange mit Callum bei einem

Glas Wein in der Lounge zusammensaß.

‚Mit Callum ist sogar das Schweigen schön‘, dachte sie zufrieden.

Sie saßen nebeneinander auf einem alten Ledersofa und genossen die Wärme und das flackernde Licht eines echten Kaminfeuers, in dem die glühenden Holzscheite gelegentlich knackten. Von draußen prasselten immer wieder kurze Regenschauer gegen die kleinen Fenster. Isobels Gedanken kreisten darum, welcher wahnsinnige Verbrecher es auf ihren Schwager abgesehen hatte und was sein Motiv dafür sein könnte. Callum stellte sich sehnsüchtig vor, mit Isobel in einer ähnlichen Situation ein Wochenende zu verbringen, ohne durch dienstliche Aufgaben eingeschränkt zu sein. ‚Ich will sie endlich küssen und fühlen‘, wünschte er sich.

Isobel holte ihn in die Wirklichkeit zurück.

„Es müssen die Amazonen gewesen sein“, fasste sie laut ihre Überlegungen zusammen. „Sie haben gesehen, wie Keith mit dem Laser das Gelände vermessen hat. Das wollten sie verhindern. Oder sie kennen überhaupt kein Laser-Messgerät und haben den Lichtpunkt als Gefahr eingeschätzt. Etwas in dieser Art muss es gewesen sein.“

Sie rückte näher an Callum und schubste ihn mit der Schulter. „Sag doch mal, dass ich Recht habe!“

Callum bewegte den rechten Arm, legte ihn auf ihre Schulter und zog sie an sich. In ihren Augen sah er nur Zutrauen und darum wagte er, seinen Mund ihren Lippen zu nähern. Isobel kam ihm entgegen, es wurde ein leidenschaftlicher Kuss. Heiß und atemlos befreite sich Isobel schließlich aus der Umarmung, was ihr sehr schwerfiel.

„Später", flüsterte sie, „wenn Keith' Attentäter gefunden ist und die Mordfälle gelöst sind."

Callum atmete tief durch. „Ja!", sagte er nur mit einem tiefen Seufzer.

Er bemühte sich wieder um Sachlichkeit.

„Ob du Recht hast, weiß ich noch nicht. Dafür müssten wir erst einmal die legendären Amazonen finden, die du im Verdacht hast. Mir fällt nur diese bogenschießende Frauengruppe auf Kenzy Camarons Ponyhof am Loch Awe ein. Aber wie sollten die unbemerkt nach St. Kilda gelangt sein?"

Er schüttelte zweifelnd den Kopf. „Ich glaube nicht einmal, dass sie Keith kannten. Warum sollte er ihre Zielscheibe sein?"

„Es muss das Laser-Gerät gewesen sein", war Isobel überzeugt.

Im gleichen Moment ertönte die Signalmelodie ihres Handys, überrascht sah sie aufs Display.

„Es ist Deirdre!"

Gespannt hörte sie zu, was ihre Schwester berichtete.

„Danke, Deirdre! Das ist wirklich aufregend! Ich möchte so gern hierbleiben, bis die Mörderjagd erfolgreich war. Nimmst du es mir übel, wenn ich

bleibe? Keith geht es doch fast schon wieder gut …"
„Nein, nehme ich dir natürlich nicht übel, Schwesterchen! Wer reizt dich eigentlich wirklich: Der Mörder oder dein Chiefinspector?"
Isobel kicherte albern als Antwort. Nach dem Telefonat berichtete sie Callum aufgeregt die Neuigkeiten.

„Keith ist wach, er hat sich erinnert. Er hat zwei Frauen im Hornhof gegenüber gesehen und er glaubt, dass der Pfeil von ihnen gekommen ist! Ja, er kann schon sprechen", fügte sie hinzu, „er hat sogar gefragt, ob das Skaillmesser aufgetaucht ist."
Callum starrte Isobel unbeweglich an, aber seine Gedanken rasten.
„Gut", sagte er schließlich, „du kommst also morgen wieder mit nach Hirta, es scheint, dass deine Ideen verflixt realistisch sein könnten. Ich werde mir diese Branwyn noch mal vornehmen. Einiges an ihrer Aussage kann nicht stimmen. Wenn Keith recht hat und zwei Frauen im Hornhof waren, würde dies auch erklären, warum der Pfeil nicht gefunden wurde."

Callums gerunzelte Stirn glättete sich erst wieder, als er Isobel oben vor ihrer Zimmertür eine gute Nacht wünschte.

Gefahr für die wilde Frau

Tief versunken in schweren Gedanken stand die Amazone hoch oben auf der nördlichen Klippe des Conachair. Sie beachtete weder das Spiel der Vögel noch das Meer unter sich. Ihr Gesicht war ernst, ihre Brauen sorgenvoll zusammengezogen. Intensiv starrte sie hinüber zum Stac Levenish-Felsen und ihr schien, dass der sonst freundliche Riese unzufrieden war. Die zunehmende Dämmerung hatte seinem Profil das Lächeln fortgewischt.

Das, was ihre Geliebte getan hatte, wurde nicht gutgeheißen vom Riesen, das spürte sie. Die Folgen der Tat würden Unruhe und Sorgen über ihr Königreich bringen, sie würden die Harmonie und vielleicht ihr ganzes Reich zerstören. Die Naturkräfte duldeten kein Töten aus Mordlust und Rache.

Die wilde Frau wusste, ihre Geliebte hatte sie nur beschützen und die Schuldigen bestrafen wollen. Aber jetzt bereute die Amazone, der Freundin erzählt zu haben, wer damals das Unglück über sie gebracht hatte. In ihrer übergroßen Liebe war die Freundin maßlos geworden und hatte ohne Klugheit aus bloßer Leidenschaft gehandelt. Die Frau seufzte schwer. Sie hob den Arm und wandte die offene Handfläche dem Riesen am Stac Levenish zu.

„Verzeih mir. Ich werde alles versuchen, um dich wieder freundlich zu stimmen", versprach die Herrscherin heiser flüsternd.

Sie würde die wichtigsten Kriegerinnen herbeirufen und neue Anweisungen geben. Die Frau verließ den Klippenrand und pfiff nach ihrem Pony.

Am Gleann Mor, im uralten Amazonenhaus aus flachen Steinen, erwartete die Freundin sie. In Schaffelle gekuschelt lag sie in einer Schlafnische, ihre kastanienbraunen Locken bedeckten das Gesicht zur Hälfte. Jetzt richtete sie sich auf und blickte die Königin aus ihren grünen Augen flehend an. Die wilde Frau konnte nicht mehr zornig sein.

Montag: Suchen

Am nächsten Vormittag gegen zehn Uhr trafen acht Uniformierte aus Glasgow zur Verstärkung per Helikopter in Talbert ein, darunter vier Leute eines Spezialkommandos. Isobel beobachtete die martialisch wirkenden, schwarzen Gestalten, als sie zu einer Kurzbesprechung zu Callum in den Schankraum kamen, der für Besucher noch geschlossen war. Auch wenn die Polizisten ihre Sturmhauben für das Gespräch abgenommen hatten, wirkten sie mit ihrer speziellen Ausrüstung und den Waffen am Körper sehr einschüchternd, fand Isobel. Das militärische Gehabe und der entsprechende Kommandoton dieser Männer erschreckte sie beinahe.

‚Ob all diese elektronischen Geräte der Spezialisten überhaupt auf St. Kilda funktionieren? Oder überhaupt nötig sind‘, fragte sie sich.

Kurz darauf machten sich die Männer des Sonderkommandos im Laufschritt auf zur Pier, dort wartete das Boot der Küstenwache mit der eigenen fünfköpfigen Besatzung. Die Spezialeinheit wurde zügig an Bord genommen und das Schiff nahm sofort Kurs auf das Kilda Archipel. Die Polizeihubschrauber sollten um elf Uhr zum Weiterflug nach St. Kilda starten.

Isobel beeilte sich, in der Bäckerei und dem kleinen Supermarkt an der engen Hauptstraße so viel Proviant einzukaufen, wie sie tragen konnte und reichte die riesige Tasche an Callum weiter, der sie im Hubschrauber verstauen ließ. Das Wetter war heute ruhig, am Himmel trieben zwar noch graue Wolken, aber der Sturm hatte sich völlig gelegt.

Dieses Mal vertraute Isobel den Fähigkeiten des Piloten einigermaßen und fühlte sich wohler als auf der rauen Reise am Sonntag früh. Besonders Callums Schulter an ihrer linken Seite gab ihr ein Gefühl von Sicherheit. Wenn sie sich umdrehte, konnte sie den zweiten Helikopter mit Lennox und den anderen Polizisten seitwärts hinter sich erspähen.

Es war eng mit fünf Personen in dem kleinen Fluggerät, trotzdem genoss Isobel den Flug zunehmend. Als sie sich dem Archipel näherten, war sie völlig hingerissen beim Anblick der Küsten mit mehreren steilen Felsnadeln vor den Klippen, wo sich die hohen Wellen weiß schäumend brachen. Hier draußen war die Wolkendecke aufgerissen, das Meer unter ihnen leuchtete tiefblau und immer wieder wurden die Felseninseln von der Sonne angestrahlt.

„Sieh mal!", sie packte Callums Oberarm, „da drüben, das muss der Stac Levenish sein! Ich sehe ein ziemlich freundliches Männerprofil an der Klippenkante, erkennst du das auch? Bestimmt ist dort ein Urzeit-Riese einmal verhext und versteinert worden und muss für immer aufs Meer schauen."

Callum genoss Isobels Entzücken, eine warme Zärtlichkeit breitete sich in ihm aus und spiegelte sich in seinen Augen.

Die Vorstellung, dass sich schon vor vier- oder fünftausend Jahren Menschen der Bronzezeit bis hier draußen vorgewagt hatten, imponierte Isobel ungemein. Wie hatten diese Menschen mit ihren einfachen Booten das raue Meer beherrschen können? Doch die Archäologen hatten Steinwerkzeuge und Grabstätten gefunden, die eindeutig bewiesen, dass schon Steinzeitmenschen diesen Archipel aus sieben Inseln erreicht hatten.

Der Kommandeur der Army-Station hatte es sich nicht nehmen lassen, den Chiefinspector und seine Mannschaft persönlich auf dem Landeplatz zu begrüßen. Callum stellte ihm seine Truppe vor und erklärte, dass in Kürze noch ein vierköpfiges Sonderkommando per Boot eintreffen würde. Branwyn war ebenfalls anwesend und wies der Gruppe zügig die Quartiere zu, bevor sie zum Anleger an der Village-Bay hinunterritt. Sie machte das Tenderboot klar, um Fergus Wayne und Sapphora Sterling zum draußen ankernden Boot für die Rückfahrt nach Leverburgh auf Harris zu bringen.

Kaum hatte dieses Schiff mit Fergus Wayne südöstlichen Kurs aufgenommen, näherte sich schon von Osten das Schiff der Küstenwache mit der restlichen Polizei-Mannschaft dem Anleger. Vorschriftsmäßig inspizierte Branwyn das Boot sorgfältig auf unerlaubte Tiere und Pflanzen, bevor sie die Männer an Land ließ. Weiter draußen in der Bay tutete jetzt das Transportschiff der Bauarbeiter. Die Männer, die auf der Baustelle an den neuen Militärgebäuden wöchentlich vier Tage arbeiteten, wollten mit dem Tenderboot abgeholt werden. Branwyn kannte sie alle. Manchmal befand sich auch eine Frau in der Bautruppe.

Für die Polizeimannschaft des Chiefinspectors hatte Branwyn einen noch ungenutzten Seminar-raum der Mitarbeiter des National Trusts als Besprechungsraum und Speisesaal vorgeschlagen. Nach dem Lunch breitete der Chiefinspector ein Messtischblatt aus, das ihm der Stations-Kommandeur zur Verfügung gestellt hatte. Er besprach das Gelände mit den Leuten und teilte sie ein, um systematisch zuerst die Nordostseite der Insel auf Personen und ungewöhnliche Gegenstände abzusuchen. Von der Village Bay bis hinter den Berg Mullach sollten sie in Zweiertrupps das Gelände bis an die nördlichen Klippen durchkämmen.

„Eure Mobiltelefone haben zwar kein Netz, aber Fotos könnt ihr machen", gab der Detective ihnen mit auf den Weg.

Der Einsatzgruppenleiter des Spezialkommandos grinste ihn an. Callum winkte ab.

„Wie auch immer, ich will gar nicht wissen, welchen besonderen Satelliten oder welche Funkfrequenzen ihr habt ... ich will nur den Mörder erwischen. Um 18 Uhr treffen wir uns wieder."

Die Ausbeute der Suche war dürftig, wie sich bei der Besprechung am Abend herausstellte. Das Etikett einer Mineralwasserflasche, drei Zigarettenstummel, ein verrosteter Dosendeckel, Verpackungsreste eines Müsliriegels und ein Kaugummipapier waren gefunden worden, aber auch eine kurze gezwirbelte Plastikschnur mit Schlaufen an den Enden. Callum inspizierte sie gründlich.

„Das kann doch eigentlich nur eine Bogensehne sein, was meint ihr? Kennt sich jemand von euch damit aus?"

„Ja, es ist eine Bogensehne. Damals als Schuljunge habe ich Bogenschießen als Sport gewählt, darum bin ich mir da sicher. Hier ist übrigens das Foto vom Fundort."

Michael, der Truppführer des Sonderkommandos, zeigte mehrere Bilder des Fundes und der Umgebung auf seinem Smartphone.
„Dieses Bild sollte ich allerdings löschen", er grinste und entfernte die Aufnahme einer verwackelten Grasfläche, „dies Foto passierte, als ein tückisches, zweifarbiges Pony heimlich herangeschlichen war und mir in den Nacken schnaubte. Mein Gott, habe ich mich erschrocken!"
„Dein Sprung daraufhin war sehenswert, Michael! Perfekte Reaktion – das Pony hat echt Glück gehabt, dass du es nicht gleich niedergestreckt hast!"
Alle Kollegen lachten lauthals, Isobels Augen funkelten vor Vergnügen.

In die lockere Stimmung hinein fragte Lennox: „Und wer benutzt hier Bogensehnen? Soweit wir wissen, ein Mörder – auch wenn er sein Opfer nicht ganz erledigt hat, denn diesem Archäologen geht es zum Glück wieder besser."
„Ich weiß", Callum streckte das Kinn vor, „wir brauchen jetzt je vier Leute für drei Wachen während der Nacht. Jeweils zwei beobachten das alte verlassene Dorf oben am Tobar Childa, die anderen beiden sehen sich um im Gleann Mor westlich vom Conachair-Berg, da, wo sich diese ganzen steinzeitlichen Hofreste befinden."

Auf der Karte zeigte er den Männern die jeweiligen Bereiche.

„Irgendwo muss sich der Gesuchte doch aufhalten und vielleicht kommt er nachts aus seinem Versteck gekrochen. Ich übernehme mit DS McAllister die erste Schicht ab 23 Uhr am unteren Ende des Dorfes. Da befindet sich ein sogenanntes Feenhaus, und dort soll es unterirdische Gänge geben. Wer übernimmt die anderen Wachen?"

Die Einteilung war schnell erledigt. Die Reste der von Isobel eingekauften Vorräte wurden durch weiteren Proviant vom Boot der Küstenwache ergänzt und ergaben nicht nur ein ausreichendes Abendessen für alle, es blieb noch reichlich genug übrig für ein Frühstück am nächsten Tag.

Ein Truppführer stirbt

Die meisten Männer saßen noch eine Weile im Seminarraum beisammen und machten Scherze über legendäre Amazonen, fabulierten über die am Nachmittag entdeckten, sonderbar geformten Siedlungsreste und waren sich einig, dass viele der überall herumliegenden Granitstücke wie Steinzeitmesser aussähen.

„Die Teile hätten allesamt das Werkzeug für die Glasgow-Morde sein können, finde ich", sagte einer der Polizisten, „aber diese Steine sollen die Archäologen ruhig selber einsammeln. Wir wollen sie ja nicht arbeitslos machen."

Truppführer Thomas Harbottle von den Glasgower Uniformierten stand auf.

„Der Tag war lang. Ich will vor meiner Schicht um halb drei früh noch etwas Schlaf kriegen. Jetzt vertrete ich mir nur noch die Beine und gönne mir eine Zigarette."

Er schloss die Tür hinter sich, die Gespräche im Raum wurden spärlicher. Isobel verspürte eine wohlige Müdigkeit.

„Willst du nicht auch schlafen gehen?", fragte Callum.

„Was?! Ich will doch mitkommen auf die erste Wache. Das musst du mir erlauben. Ich werde sehr leise sein, versprochen!"

Callum überlegte einen Moment, dann nickte er. „Na gut. Ich muss dann eben noch besser aufpassen, weil du dabei bist."

Zwei Männer des Sonderkommandos und die Glasgower Uniformierten wünschten jetzt ebenfalls eine gute Nacht und brachen zu ihren Quartieren auf. Die letzten beiden Männer des Sonderkommandos blieben im Raum, sie hatten die erste Wache im Gleann Mor übernommen. Es war schon nach 22 Uhr, bald würden sie sich für ihren Dienst rüsten.

„Möchte noch jemand Tee? Oder Kaffee? Ich mache uns gern noch einen", bot Isobel an.

Der Wasserkocher hatte gerade zu Summen begonnen, als es draußen polterte und die Tür zum Seminarraum heftig aufgestoßen wurde. Alle sprangen auf. Die zwei Männer vom Sonderkommando, die sich vor ein paar Minuten zur Nachtruhe verabschiedet hatten, schleppten einen reglosen Körper vorsichtig in den Raum. Es war

Thomas Harbottle, der Truppführer der Glasgower Polizisten.

Isobel sah Blut aus seinem Hals und einem Ohr strömen, sie schlug die Hand vor den Mund und unterdrückte einen Aufschrei. Callum fluchte unterdrückt und unverständlich. Zusammen mit Isobel raffte er Stuhlkissen zusammen und richtete ein provisorisches Lager her. Dort wurde Thomas Harbottle abgelegt. Dann tastete Callum an der unverletzten Halsseite nach dem Puls seines Mitarbeiters, konnte ihn aber nur mit Mühe finden. Sein Gesicht war fast so blass geworden wie das des schwer verwundeten Truppführers.
„Sieht nicht gut aus, Chiefinspector!"
Die Stimme des Sonderpolizisten klang belegt.

Fast schweigend und perfekt koordiniert hantierten alle vier Kollegen der Sonderpolizei nun mit dem Verbandszeug, das sie zu Isobels Verwunderung bei sich trugen. Sie starrte währenddessen auf den Brustkorb des schwer verletzten Mannes, betete stumm, dass er weiteratmen möge. Ein schneller Blick hinüber zu Callum Abel erschreckte sie. Er war fast kreideweiß, seine zusammengepressten Lippen waren verzerrt, und Isobel glaubte, Verzweiflung in seinem Gesicht zu lesen.

Die Blutung an Harbottles Hals schien gestillt, auch aus dem Ohr tropfte es nicht mehr. Aber die

Männer im Raum standen schweigend mit ernsten Mienen und plötzlich wurde Isobel von einer großen Angst gepackt. Entsetzt rang sie nach Luft, taumelte hilflos. Callum fing sie auf. Im selben Moment betrat der Arzt, den Lennox alarmiert hatte, den Seminarraum.

„Legen Sie die Frau hin, heben Sie ihre Beine hoch!", befahl er nach einem raschen Blick, dann beugte er sich zum Verwundeten hinunter.

Es dauerte keine zwei Minuten, bis er sich aufrichtete und das aussprach, was alle Anwesenden befürchtet hatten.

„Ich kann nichts mehr tun. Er ist schon verblutet. Keine Chance mehr. Ich vermute, dass die tiefe Wunde links am Hals von einem Geschoss verursacht wurde, vergleichbar mit der Waffe, die vor zwei Tagen den Archäologen verletzt hat. Dieses Mal wurden tiefe Gefäße zerrissen, es gab massive Einblutungen in Luftröhre und Lunge. Es tut mir wirklich leid."

Mit einem bedauernden Kopfschütteln packte er seinen Arztkoffer und verließ er den Raum.

Die beiden Männer, die den Sterbenden hineingetragen hatten, berichteten nun die Einzelheiten. Weil der Mondschein hell genug war, waren sie nicht direkt zum zugewiesenen Apartment gegangen, sondern hatten den Umweg über den schmalen Wiesenpfad genommen, der erst unten wieder auf die gepflastert Dorfstraße stieß. Auf halber Strecke waren sie stehen geblieben und hatten gelauscht, weil Gregory meinte, ein Stöhnen gehört zu haben. Aber alles war still und der Kollege Logan hatte ihn noch aufgezogen.

„Ich glaube, diese Abgeschiedenheit bekommt dir nicht. Du hörst ja schon Gespenster – oder vielleicht auch nur den Albtraum eines Schafbockes?"

Mit einer Handbewegung hatte Gregory Logan jedoch unterbrochen und in Richtung der Schatten einiger Felsbrocken gewiesen, die sich ein paar Schritte links von ihnen befanden. Von dort waren erneut Geräusche vernehmbar, sie klangen wie ein Stöhnen mit rasselndem Atem. Logan und Gregory hatten den schwer verwundeten Glasgower Kollegen dort in Rückenlage gefunden und sofort hergebracht.

Erstaunliche Festnahmen

Innerhalb weniger Minuten trafen nun alle Mitglieder der beiden Einsatzgruppen ein, etwas später auch die Besatzung vom Schiff der Küstenwache. Der Chiefinspector hatte alle alarmieren lassen. Sie salutierten vor dem Toten, bevor sie sich setzten. In manch blassem Gesicht war Schock und Trauer abzulesen. Unglücklich kauerte Isobel auf einem Hocker und beobachtete die Szene.

Callum ergriff das Wort.
„Unser Kamerad Thomas Harbottle wurde heimtückisch ermordet. Er wurde allem Anschein nach von einem abgeschossenen Pfeil getroffen, als er unterwegs zu seinem Quartier war. Gregory und Logan haben ihn gefunden. Zusammen mit den anderen Kollegen haben sie alles versucht, ihn zu retten. Es ist nicht gelungen."
Er schwieg kurz und senkte den Kopf. Dann richtete

179

er sich auf und fuhr mit eindringlicher Stimme fort. „Ich will nicht mehr abwarten, welches die nächsten Anschläge sein können. Wir müssen den Mörder finden. Jetzt. Diese Nacht noch! Wir beginnen unsere Suche dort, wo Thomas Harbottle angegriffen wurde."

Er zeigte den Männern die Stelle auf der Karte. Sie lag etwas unterhalb der verlassenen Siedlung am Fluss Tobar Childa, etwa 150 Meter entfernt von einer als Feenhaus bezeichneten alten Hofanlage.
„Wir sind fünfzehn Mann und werden..."
„Sechzehn!"
Laut vernehmlich fiel Isobel dem Chiefinspector ins Wort und erntete die erstaunte Aufmerksamkeit der Männergruppe. Die Mienen der Polizisten reichten von belustigt bis empört und vorwurfsvoll. Doch Callum nickte nur.
„Wir sind sechzehn Leute und werden fünf Gruppen mit je drei Männern bilden, meine Gruppe wird zusätzlich eine Frau dabeihaben. Ich vermute, dass der Täter das sogenannte Feenhaus als Versteck nutzt, wir werden also einen Ring bilden, der sich beim Feenhaus zusammenzieht. Diese alte Hofanlage verfügt über unterirdische Tunnel und Gänge, falls die alten Geschichten und die Archäologen Recht haben. Wir gehen jetzt mal davon aus, dass die Informationen stimmen und müssen also eventuell in einen oder mehrere

Tunnel eindringen, wenn der Täter nicht vorher draußen gefasst wird."

Callum fuhr mit einem Stift kreisförmig über die Karte und wies den Gruppen ihre jeweiligen Ausgangspositionen zu.

„Seid euch immer bewusst, dass es ein gefährlicher Bogenschütze ist, den wir suchen, der aber auch aus der Nähe mit einem Steinzeitmesser tötet. Bei dieser Art von Angriffen werden unsere Schutzwesten nicht unbedingt ausreichen. Bleibt aufmerksam", warnte er zum Abschluss, „viel Glück uns allen!"

Nach und nach leerte sich der Seminarraum. Logan von der Spezialeinheit, Lennox, Isobel und Callum verließen als letzte das Gebäude. Ihr Einsatzort lag ganz in der Nähe.

Als sie nach draußen traten, schlug ihnen die feuchte Kälte der Nachtluft entgegen. Alles war still bis auf ein gelegentliches Rascheln in den vorjährigen, hohen Grasstauden. Ob es von Ponys, Schafen oder den ausgesandten Polizisten herrührte, war nicht auszumachen. Auch die Seevögel schwiegen.

Der Schein des noch dreiviertel vollen Mondes reichte aus, die Schritte sicher durch das steinige Wiesenland zu setzen. Isobel wickelte ihren Schal fester um den Hals. Jetzt sah sie in der Ferne die Lichter aufblitzen von den Stablampen der anderen

Polizeikräfte, die sich langsam dem Feenhaus näherten.

„Chef, hier ist was! Könnte ein Tunnel sein."

Lennox' heiseres Flüstern klang angespannt. Der Lichtkegel seiner Lampe wanderte nicht weiter, sondern verharrte auf einer dunklen Vertiefung hinter zwei aufrecht stehenden Felsbrocken. Logans Lampenstrahl schwenkte kreisförmig über die nähere Umgebung.

Callum ließ Isobel vorangehen, als sie einer Fußspur hinüber zu den beiden Polizisten folgten. Prickelnde Aufregung mischte sich mit einer Prise Furcht in Isobel. Plötzlich hörte sie ein unerwartetes, fremdes Geräusch hinter sich, es folgte ein Aufprall. Sie fuhr zusammen und drehte sich hastig um. Sie sah zwei Körper schweigend miteinander ringen. Noch bevor Isobel mit zitternden Händen ihre eigene Lampe einschalten konnte, war der Kampf schon beendet. Logan von der Sondereinheit und Lennox kamen angerannt. Im Licht ihrer Lampen erkannte Isobel, dass Callum einer fremden jungen Frau mit auffällig rotem Lockenschopf die Handgelenke unerbittlich auf dem Rücken zusammenpresste. Aus ihrer rechten Hand entwendete er ihr ein Skaillmesser.

Logan war sofort an seiner Seite und half, der widerspenstigen Frau Handfesseln anzulegen und zu fixieren.

„Sind Sie allein hier unterwegs? Wie heißen Sie?"

Callums Stimme war harsch, doch die junge Frau presste die Lippen aufeinander und schwieg.

Isobel Blick hing an dem Steinzeitmesser in Callums Hand.

„Ist das unser Messer?"

Sie keuchte fast vor Aufregung

„Könnte es sein. Schau selber, aber nimm ein Tuch zum Anfassen."

Lennox reichte ihr ein Papiertuch hinüber. Angespannt inspizierte Isobel das Messer und stellte mit großer Erleichterung fest, dass es sich um das gestohlene Museumsstück handelte. Lennox erlaubte der Gefangenen, sich auf einen großen Stein zu setzen, während Callum in die Nacht hinaus starrte und lauschte. Als er unerwartet einen durchdringenden Pfiff ausstieß, zuckte Isobel entsetzt zusammen. Die Lampen der Polizisten rings um das Feenhaus leuchteten sofort auf und bewegten sich eilig in ihre Richtung.

Plötzlich entstand westlich vom Feenhof Unruhe, es gab wirre, hastige Bewegungen von Lichtkegeln, weitere drei Scheinwerfer näherten sich der Stelle, auch Logan spurtete los. Weder Callum noch Isobel konnten die Ursache ausmachen, doch es dauerte nur wenige Minuten, bis der Trupp Männer herankam. In ihrer Mitte führten sie eine hochgewachsene Frau in Handfesseln mit sich. Lennox richtete den Strahl seiner Lampe auf ihr Gesicht.

„Das gibt es doch nicht!", entfuhr es ihm. Grenzenlose Verblüffung war auch Callum und Isobel ins Gesicht geschrieben. Sapphora Sterling stand vor ihnen. Ein Polizist trug ihren Bogen und drei Pfeile.

„Entweder bin ich verrückt, oder … oder …" Isobel suchte nach Worten, „…oder sie ist eine Amazone und kann übers Meer reiten!"
„Du hast überhaupt keine Ahnung!"
Verächtlich spuckte Sapphora diese Worte aus. Jede weitere Aussage verweigerte sie.
Callum beauftragte zwei Besatzungsmitglieder des Polizeibootes, die beiden festgenommenen Frauen ins Seminarhaus zu bringen und dort zu bewachen. „Los Männer, wir suchen weiter", forderte er die anderen auf. „Mindestens Branwyn Mc Gregor fehlt uns noch."

Bittere Entscheidungen

Unruhe war über die Inseln hereingebrochen, zwei Hubschrauber vom Festland und ein Polizeischiff waren auf Hirta gelandet. Seit dem Mittag streiften fremde Männer in Polizeiuniformen durch das Reich der wilden Frau. In einem unterirdischen Raum des Feenhauses, der noch von keinem Soldaten und keinem Archäologen entdeckt worden war, hatte die Amazonenkönigin ihre wichtigsten Kriegerinnen um sich versammelt. Die Frauen waren aufgeregt, sie empörten sich über den Aufruhr, der auf ihrer Insel entstanden war. Jeannet, eine stämmige kleine Frau mit wild abstehenden braunen Haaren, beschwor die anderen, um ihr Land zu kämpfen.

Doch im Blick der Herrscherin lag keine Kampfeslust, sondern Wehmut, als sie zu sprechen begann.

„Ich will nicht, dass ihr ins Verderben rennt, ich will,

dass wir frei bleiben. Das ist auf Hirta nun nicht mehr möglich, weil Doris die Rache in ihre eigene Hand genommen hat. Jetzt wird sie von der Polizei bis hierher verfolgt."

Sie seufzte und schüttelte bedauernd den Kopf. „Auch wenn die Archäologen unser heiliges Skaill-messer gefunden und von der Insel gestohlen haben – es war nicht klug, es aus dem Museum zu holen und unsere Feinde in Glasgow damit zu töten. Nun jagen sie uns und werden nicht aufgeben. Es bleibt uns nur, unser geliebtes Hirta zu verlassen."

Diese letzten Worte kosteten die Amazone große Kraft, sie atmete schwer. In den Mienen der anderen Frauen las sie Entsetzen und Protest, doch sie fuhr fort.

„Auch die Nachbarinsel Soay ist nicht mehr sicher, weil dort ein Touristenpark entstehen soll. Wenn ihr mir weiterhin dienen wollt, müssen wir nach Boreay flüchten. Doch überlegt es euch gut, denn auch dort wird es gefährlich sein, sobald die Polizei unsere Zuflucht herausfindet. Damit müssen wir rechnen. Darum fordere ich euch hier und heute auf, eine Entscheidung zu treffen: Ihr könnt zurückkehren in euer sicheres Alltagsleben und auf die freien Abenteuer als Amazone verzichten. Ich werde eure Entscheidung ganz ohne Arg annehmen und den anderen Schwestern mitteilen."

Doris hielt das nachfolgende Schweigen nicht mehr aus, sie sprang von ihrem Sitzplatz hoch.

„Ich wollte dir dienen, ich wollte deinen Vergewaltiger strafen und den Tod deines Babys rächen. Und auch die Schmach meiner Mutter, ja! Aber ich wollte dein Reich erhalten, ich wollte nur Gutes!", rief sie unter heftigem Schluchzen, das ihren Körper schüttelte.

„Wisst ihr eigentlich, was unsere Königin erduldet hat? Ich weiß es!", wandte sie sich nun an die beiden anderen Frauen, weil Branwyn immer noch schwieg. Unter Tränen verriet sie die Geschichte und das Leid ihrer Amazonenführerin.

Branwyn Mc Gregor war erst sechzehn Jahre alt gewesen und hatte als Hilfe in seinem Haushalt auf Harris gearbeitet, als Roarke McLeod sie vergewaltigte. Danach war sie aufs Festland geflohen, hatte Unterschlupf gefunden auf einem einsamen Hof in der Nähe von Loch Awe und sich mit Kenzy Cameron, der Tochter des alten Bauern, befreundet. Bald stellte sich heraus, dass Branwyn schwanger war. Kenzy tröstete das junge Mädchen, rechnete den Geburtstermin aus und säuberte gründlich die uralte Wiege, die auf dem Dachboden aufbewahrt worden war. Sie fuhren aufs Festland und beschafften Wäsche für das Baby.

Zwei Wochen vor der Entbindung jedoch hatte Roarke McLeod's Cousin Kenrick das Versteck von Branwyns ausfindig gemacht. Unter Vortäuschung einer Autopanne auf der steinigen Fahrspur an einer Außenweide lauerte er dem hochschwangeren Mädchen auf. Als Branwyn ihm dem Brauche nach zu Hilfe kommen wollte und mühsam mit ihren schweren Leib über die Mauer hievte, umklammerte Kenrick McLeod mit einem Arm von hinten ihren Hals. Mit der anderen Hand drückte er ihr ein mit Äther durchtränktes Tuch auf den Mund. Nachdem die junge Frau betäubt zusammengesunken war, zerrte er sie ins Auto und brachte sie zurück zum Familiensitz auf Harris.

Branwyn konnte sich nicht aus dem vergitterten Gartenhaus befreien, in das Kenrick sie eingesperrt hatte, und schon zwei Tage später gebar sie ihr allein und unter großen Schmerzen ihr Kind. Abends erschien Kenrick.

„Ich lasse mir mein Erbe nicht von deinem verdammten Balg wegnehmen!", hatte er hasserfüllt gesagt und ihr das Baby aus den Armen gezerrt. „Es taugt nur als Fischfutter!"

Dann hatte er ein Kissen auf das Köpfchen des Kindes gedrückt, bis es ganz still war. Anschließend hatte er es mit dem Boot aufs Meer hinausgebracht.

Mit verzerrtem Gesicht und geballten Fäusten beendete Doris die Geschichte. Es war, als ob sie bei der Erzählung die Schmerzen ihrer Geliebten selbst noch einmal durchleiden müsste. Auch Branwyn traten nun Tränen in die Augen, als sie die Geschichte fortführte.

„Sie war so ein feines Mädchen mit kupferroten Ringellöcken ..."

Ihre Stimme brach. Sie schluckte mehrfach, atmete angestrengt und berichtete nun mit monotoner Stimme weiter, wie Roarke McLeod zwei Tage später mit viel Geld zu ihr kam und sie zwang, mit ihm zum Flughafen Glasgow zu fahren. Dort drückte er ihr einen fremden Ausweis und ein Flugticket nach Amsterdam in die Hand, sie solle damit ein neues Leben beginnen, schärfte er ihr ein.

McLeod blieb an ihrer Seite, bis sie durch die Abfertigung am Gate und in dem Gang zum Flugzeug war. An die Wand des Ganges gedrückt wartete Branwyn, bis keine Fluggäste mehr kamen, dann kehrte sie um, rannte durch Massen von fremden Menschen und fand einen Ausgang. Ein Bus brachte sie nach Glasgow zurück und am nächsten Morgen hatte sie den Cameron-Hof erreicht, dort sank sie völlig erschöpft in Kenzys Arme.

Kenzy und ihrem Vater war klar, dass niemand die Geschichte von McLeod's Verbrechen glauben würde. Nach ein paar Tagen konnte der alte Cameron einen befreundeten Fischer überreden, die junge Frau heimlich auf den abgeschiedenen Archipel St. Kilda zu bringen.

Branwyn erholte sich. Ihre Lebenskraft wurde gespeist von der friedlichen Einsamkeit und der Liebe zur herben Natur der Inseln. Hier wuchs die junge Frau zur starken Amazone heran, die jeden

Felsen und jede Höhle kannte, die gelernt hatte, nach den Gesetzen der Natur zu leben und in einem kleinen Boot das wilde Meer zu bezwingen. Manchmal fuhr sie hinüber nach Lewis, um die alte Gefährtin Kenzy Cameron zu treffen. Dort war ihr schließlich auch Doris begegnet.

„Und nun hat diese Liebe uns alle in große Gefahr gebracht", beendete sie fast tonlos ihre Geschichte. „Ich werde meine Insel verlassen. Und ihr müsst entscheiden, ob wir das Amazonenleben auf Boreay weiterführen wollen."

Von Sapphora kam wütendes Schnaufen, sie erhob sich und lief wie ein eingesperrtes Raubtier in dem kleinen Raum so schnell hin und her, dass die Fackel an der Wand heftig flackerte.

Mit hasserfüllter Stimme stieß sie hervor: „Die McLeod-Männer mussten gerichtet werden. Wer, wenn nicht wir Amazonen, hätte das sonst je getan? Es war unsere Aufgabe! Vergesst nicht, dass auch Doris leiden musste. Roarke McLeod hat sie nie als Tochter anerkannt, er hat sie nur als Haushälterin arbeiten lassen."

Branwyn blickte zur Freundin hinüber und nickte traurig.

„Ja. Das stimmt. Doris hat erst vor ein paar Wochen erfahren, warum sie als Pflegekind auf einer Farm aufgewachsen ist, anstatt bei ihrer Mutter."

Die Amazonen kannten seit einiger Zeit die Geschichte, die Doris' Mutter der Tochter erst vor kurzem unter vielen Tränen gestanden hatte und längst bitter bereute. Elvira war seit ihrer Jugend in den Liard verliebt gewesen, hatte sich auf ihn eingelassen und bald eine Tochter geboren, doch Roarke McLeod wollte sie nicht heiraten. Noch als Säugling wurde Doris zu einem kinderlosen Bauernpaar in den Highlands gegeben, dort wuchs sie auf mit Schafen und Ponys als Spielgefährten. Elvira hatte einen Henry Clark geheiratet, sich aber bald wieder scheiden lassen. Dass die Frau aus der Stadt, die sie manchmal besuchte, ihre Mutter war, hatte Doris erst erfahren, als Elvira Clark sie nach der Schule auf dem Anwesen der McLeods unterbrachte.

Als sie vor gut einem Monat von der Mutter erfahren hatte, dass der Liard ihr Vater war, aber sie nie anerkannt und im Testament den Cousin zum Erben bestimmt hatte, erfasste sie unbändiger Zorn. Elvira hatte versucht, die Tochter zu beschwichtigen.

„Du hast doch auch Rechte, ein Pflichtteil aus dem beweglichen Vermögen steht dir zu. Aus dem Landbesitz leider nicht. – Falls Roarke stirbt, musst du nur deine Abstammung nachweisen. Ich werde dir dabei helfen."

Sie verstand die Wut ihrer Tochter nicht.

„Es geht mir nicht ums Geld, Mama!", hatte Doris geschrien, „es geht um deine und meine Würde! Und um Rache für Branwyns Baby!"

Nachdem Elvira in ihrer Hilflosigkeit auch noch berichtet hatte, dass die neugierige Gladys leider in der Mappe mit ihren persönlichen Papieren geschnüffelt hatte, fasste Doris einen Entschluss. Sie würde nicht zulassen, dass ihre oder die Schmach ihrer Mutter bekannt würde, sie würde die McLeods bestrafen und auch Gladys zum Schweigen bringen. In Glasgow folgte sie Roarke McLeod ins Museum, Elvira konnte sie nicht davon abhalten. Das blutige Skaillmesser hatte Doris liebevoll gestreichelt, als der Liard leblos am Boden vor der Glasvitrine lag.

Die hilflose Mutter verriet der Tochter auch Gladys' Adresse. Es war Doris nicht schwergefallen, die dumme, blonde Frau für immer zum Schweigen zu bringen, allerdings bedauerte sie, das Skaillmesser ungeschickt geführt zu haben. Nach ihrer Tat erschrak sie über das ausströmende Blut und das zerstörte Gesicht ihres Opfers. Schnell hatte sie das Haus wieder verlassen.

All diese Einzelheiten hatte Doris ihren Amazonenschwestern gebeichtet. Auch, dass sie zwei Tage später erneut nach Glasgow gereist war, weil Roarke's Cousin Kenrick McLeod aus London angekommen war, hatte sie schon erzählt. Widerstandslos hatte ihre schwache Mutter für sie sogar herausgefunden, in welchem Hotel der Erbe abgestiegen war und in welchem Zimmer er wohnte.

Kenrick zu töten, war Doris' dringendster Wunsch gewesen. Darum machte es ihr nichts aus, eine kalte, regnerische Nacht lang in einem Hauseingang gegenüber des Hotels darauf zu warten, dass endlich der morgendliche Betrieb begann. Dann würde sie Kenrick in seiner Suite aufsuchen. Dass aber in den frühen Morgenstunden ihr Opfer schon in der Halle erschien, erleichterte ihre Aufgabe und zauberte ihr ein böses Lächeln ins Gesicht. Dem kleinen Mann bis zu einer dunklen Stelle an der Brücke zu folgen, ihn dort zu umklammern und das Skaillmesser mit einer Lederschnur in sein Genick zu knebeln, war unerwartet einfach gewesen. In Entsetzen erstarrt, hatte Kenrick sich nicht gewehrt, nachdem Doris ihm ins Ohr geflüstert hatte: „Für den Baby-Mörder!"
Sie war sehr zufrieden, dass es ihr ohne Blut-vergießen gelang, den Mord an Branwyns Kind zu rächen.

Heute allerdings spürte sie keine Genugtuung mehr, sondern litt mit der Geliebten an schweren Sorgen. Außer ihr waren noch zwei weitere der Amazonenschwestern dem dringenden Ruf ihrer Königin gefolgt, um die Folgen von Doris' Taten zu beraten. Jetzt hing jede der Frauen den ganz eigenen Gedanken und den Bildern der jüngsten Geschehnisse nach.

Branwyn dachte voller Pein an den letzten Sonntag. Sie hatte beobachteten müssen, dass ihre Geliebte alle Grenzen überschritt, als sie den Pfeil auf den Archäologen abschoss. Doris war eine geniale Bogenschützin, sie wusste genau um die Flugbahn ihrer Pfeile, es gelang ihr sogar, den Eindruck zu erwecken, dass der Pfeil aus größerer Höhe abgefeuert worden sei. Alles, was Branwyn danach noch bewirken konnte, war der Versuch, das Leben des angeschossenen Mannes zu retten. Es war ihr gelungen, wie sie inzwischen wusste. Nun schaute sie kummervoll auf ihre Gefährtinnen im schwachen Licht der Fackel.

Sapphora war die erste, die ihre Entscheidung traf.
„Ich werde nicht einfach fliehen, ich bin eine Amazone, ich werde kämpfen."
Sie griff nach Pfeil und Bogen und rannte in den dunklen Gang, der nach draußen führte. Doris folgte ungestüm, ohne auf Branwyns Warnungen zu achten. Die vierte Amazone stand unschlüssig vor dem Gang.
„Jeannet, warte noch! Bring dich nicht auch in Gefahr. Ich sehe nach, ob es draußen sicher ist."
Ihre Schritte wirkten müde, als sie sich bedächtig durch die verwinkelten Höhlengänge bewegte. In der Dunkelheit nahe am versteckten Tunneleingang blieb Branwyn stehen und lauschte in die Nacht.
‚Zu spät', dachte sie.

Ende der Ermittlungen

Die Aufforderung des Chiefinspectors, noch mindestens Branwyn Mc Gregor zu finden, überraschte die von seinem Pfiff herbeigerufenen Kollegen.
„Dort drüben hat Lennox einen Höhleneingang gefunden. Er könnte der Anfang eines Tunnels zum Feenhaus sein."
Callums Arm zeigte die Richtung an. Dann marschierten sie los.

Angespannt und möglichst geräuschlos formierten sich die Polizisten ringförmig um die bezeichnete Stelle und rückten vor. Die Männer des Sonderkommandos hatten ihre Waffen gezogen. Ihre gespannte Konzentration und das unheimliche Schweigen der bewaffneten Männer flößten Isobel Furcht ein. Sie war froh, dass der Chiefinspector flüsternd die Anweisung gegeben hatte, nur im äußersten Notfall zur Selbstverteidigung zu schießen.

Logan und Lennox hatten die beiden hohen Felsbrocken erreicht, hinter denen sie den Tunneleingang vermuteten. Sie traten hinter die Steine und schalteten ihre Lampen an. Bis auf drei Männer, die die Umgebung im Blick behielten, waren nun alle Polizisten herangekommen. Ihre Blicke folgten den Lichtkegeln, die auf eine knapp mannshohe schwarze Öffnung fielen. Von dort führte ein Gang abwärts. Trittspuren waren auf dem feuchten Boden zu erkennen, doch die Strahlen der Lampen wurden schon nach etwa vier Metern von einer Felswand unterbrochen. Nach rechts schien der Gang in einem scharfen Winkel abzubiegen.

Bevor Callum noch entscheiden konnte, welche Männer den Tunnel erkunden sollten, gab es Bewegung hinten im Gang. Eine Frau in heller Lederbekleidung mit einem über die Schulter gehängten Bogen trat unvermutet in den Lichtschein. Isobel zog scharf sie Luft ein. Branwyn Mc Gregor stand vor ihnen.
„Nicht schießen!", zischte Callum in Richtung der Spezialkräfte.

Eine zweite Frau trat um die Ecke des Ganges, sie war stämmig und viel kleiner als Branwyn. Sie kniff die Augen zusammen gegen das grelle Licht der Lampen, die sie anstrahlten.
„Wie viele Leute sind noch im Tunnel?"
Callums harter Tonfall beendete das verblüffte

Schweigen seiner Leute, ein Gemurmel setzte ein.
„Niemand ist mehr drinnen. Wir sind die letzten. Ich bin die Anführerin und die Verantwortliche."

Obwohl Branwyn diese Antwort laut vernehmlich und mit fast versteinertem Gesicht gegeben hatte, erspürte Isobel die resignierte Verzweiflung in ihrem Blick und der Stimme. Ein unerklärliches Mitleid mit der stolzen Frau erfasste sie.
„Bitte, ihr dürft sie nicht demütigen und fesseln", flüsterte sie Callum zu.
Branwyn trat jetzt aus dem Gang und richtete sich auf, die kleinere Amazone stellte sich neben sie. Die Polizisten sahen den Chiefinspector an, doch er gab kein Signal zur Festnahme.
„Sie begleiten uns freiwillig?", fragte er nur und Branwyn nickte.

Als sie den Wiesenpfad erreichten und die Richtung zum Dorf einschlagen wollten, blieb Branwyn abrupt stehen. Logan und Callum griffen sofort an ihre Oberarme, ließen sich jedoch abschütteln, als die Amazone sich Callum zuwendete.
„Ich muss Abschied nehmen, bevor mir die Freiheit genommen wird. Ich muss der Insel Dank sagen."
Mit schnellen Sprüngen hastete sie den Hang des Conachair hinauf. Der Chiefinspector stoppte mit einer Handbewegung die Polizisten, die ihr nachsprinten wollten.

„Sie kann uns nicht mehr entkommen", sagte Callum und folgte eilig der stolzen Frau. Isobel und Logan schlossen sich an.

Völlig außer Atem erreichten sie die Höhe, wo der Berg abbrach und als Steilklippe senkrecht ins Meer abfiel. Hier stand Branwyn direkt am Klippenrand, bewegte langsam die hoch erhobenen Arme, sprach zu den Felsen, den schlafenden Vögeln und dem Meer. Isobel näherte sich vorsichtig, doch sie verstand die gälischen Worte nicht, die Branwyn in die Nacht rief.
‚Wie ein Gebet oder eine Beschwörung', fuhr es Isobel durch den Kopf.
Callums Gesicht neben ihr zeigte große Besorgnis, mit langsamen, vorsichtigen Schritten ging er näher heran an die wilde Frau auf der Klippenkante.

„Mrs. Mc Gregor ...", setzte er mit beruhigender Stimme an, doch er verstummte, als Branwyn ihm ihr tieftrauriges Gesicht zuwandte. Wie ein Diamant funkelte eine Träne auf ihrer Wange im Mondlicht, bevor sie den letzten Schritt tat und sich nach vorne warf.

Isobel hockte sich hin, als ob sie dem Meer näher sein wollte. Gemeinsam mit Callum starrte sie minutenlang schweigend vom Klippenrand auf die Brandung des Meeres tief unten. Weiter draußen lag ein silberner Schimmer des Mondlichts auf dem Wasser.

Logan, der sich nun neben den beiden eingefunden hatte, brach die Stille.

„Das werden wir in Glasgow aber erklären müssen... Wie wollen Sie das begründen, Chief?"

„Es war ihre eigene Entscheidung. Ich muss das nicht begründen!" Callum klang verärgert.

„Ich habe die Frau nicht rechtzeitig erreicht und konnte sie nicht daran hindern. Mehr kann mir niemand vorwerfen."

Isobel nahm seine Hand und drückte sie. „Es ist richtig so", flüsterte sie ihm ins Ohr.

Bevor Isobel sich zum Schlafen zurückzog, äußerte sie die Gedanken, die in ihrem Kopf kreisten.

„Es ist alles so unwirklich. Ich verstehe vieles nicht. Zu viele Rätsel sind noch nicht gelöst, oder weißt du, wie die Amazonen unbemerkt immer wieder herkommen konnten? Und welches Schicksal hat Branwyn so sehr an die Insel gebunden?"

„Wir werden in Glasgow alles aufklären. Die kleinere der Frauen wird sprechen, da bin ich sicher. Jetzt ruh dich erst einmal aus und schlaf noch zwei Stunden. Wir müssen früh aufbrechen."

Callum sah übermüdet aus. Es war vier Uhr durch, als schließlich Ruhe auf der Insel eingekehrt war. Bald schon würden die Seevögel erwachen.

Danach

Die Amazonenfrauen hatten ihr Schweigen gebrochen, schon bald, nachdem ihnen Branwyns Tod geschildert worden war. Für eine Anklage gegen Sapphora und Jeannet sah die Staatsanwaltschaft keine ausreichenden Gründe. Doris allerdings befand sich in Untersuchungshaft. Ihre Mutter Elvira Clark war ausführlich befragt worden, auf sie wartete eine Gerichtsverhandlung wegen Behinderung von Polizeiarbeit, aber sie musste nicht in Haft. Sie besuchte ihre Tochter, so oft es ihr erlaubt wurde.

Isobel hatte ihre beliebte Artikel-Serie zum St. Kilda Archipel erfolgreich beendet. Nach Aufklärung der rätselhaften Morde mit den Spuren nach Hirta war das Interesse der Leser zunächst groß gewesen. Inzwischen waren andere, neue Themen in den Vordergrund gerückt.

An einem Morgen im Juni fiel Callum auf, dass Isobel blass und erschöpft aussah.

„Mir war übel, ich musste mich übergeben", erklärte sie ihm. Er sah sie lange prüfend an und sie wurde rot.

„Ja, ich bin schwanger. Vielleicht sollten wir ganz altmodisch heiraten?"

Sie legte den Kopf schief. Callums Augen strahlten auf.

„Oh ja! Das finde ich auch. Wir müssen unbedingt heiraten, so altmodisch, wie du willst!"

Ganz zärtlich legte er seine Handflächen um ihr Gesicht und küsste sie. Dann musste er grinsen, weil Isobel noch eine Bedingung stellte.

„Du musst aber einverstanden sein, dass wir sie Branwyn nennen – natürlich nur, wenn es ein Mädchen wird."

Weil es jährlich fast 100.000 Neuerscheinungen auf dem deutschen Buchmarkt gibt, freue ich mich besonders, dass du dieses Buch gefunden hast und hoffe sehr, dass es dir gefallen hat.

Es ist schwer für uns Autoren, in den digitalen Katalogen aufgefunden zu werden, aber wenn du diesen Cosy-Krimi magst, kannst du mir mit deiner Bewertung auf einer Verkaufsplattform helfen, etwas sichtbarer zu werden. Damit würdest du mir eine große Freude machen.

Zur Autorin

Viel erleben und darüber schreiben – das war und ist mir wichtig im Leben. Ich liebe die Natur und das Reisen, sammele mit Begeisterung neue Erfahrungen, führe Gespräche mit vielen Menschen und kann gut zuhören. Daraus wachsen Impulse zu vielen meiner Geschichten und Gedichte. Selbst wenn ich beim Spaziergang mit meinem Hund mit jemandem ins Gespräch komme, erfahre ich fast immer kleine oder große Geschichten.

Aufgewachsen bin ich in einer westfälischen Kreisstadt in der spießigen, oft verlogenen Atmosphäre der Nachkriegszeit. Schon ganz früh habe ich mich danach gesehnt, in die weite Welt hinausgehen zu können und die meisten meiner Träume konnte ich verwirklichen. Ich lebte mit meiner Familie in verschiedenen Ländern und wir sind viel gereist.

Studiert habe ich Landespflege, Psychologie und Englisch sowie eine zusätzliche Ausbildung als Touristikkauffrau gemacht. Zwei Kinder und ein wunderbarer Ehemann haben mein Leben stark geprägt, aber auch der frühe Verlust meines Mannes.

Heute bin ich wieder neugierig auf die bunte Welt. Ich interessiere und engagiere mich für meine Mitmenschen, für Gesellschaftspolitik und die Vielfalt der Natur. Meine Vier-Generationen-Familie, der Garten und die Haustiere halten mich jung, wenn ich nicht schreibe oder lese.

Schreiben ist mehr als ein Hobby für mich, es ist eine Leidenschaft, die großen Spaß macht und lebendig hält. Für kreatives Schreiben ist es ganz wichtig, offene Sinne zu bewahren. Mich beeindrucken die Bilder der Natur um mich herum, besonders die Veränderungen im Verlauf der Jahreszeiten – diese schildere ich oft in Gedichten.

Und dann gibt es natürlich die Bilder meiner eigenen Phantasie. Auch sie werden zu Worten und Geschichten, ebenso wie ich meine moralischen Überzeugungen gelegentlich ausdrücken muss, was selbst in meinen Krimis durchscheint.

Abgesehen von wissenschaftlichen und journalistischen Texten oder Anthologie-Beiträgen habe ich seit 2012 fünfzehn eigenständige Bücher in verschiedenen Genres veröffentlicht.

Kurze Bibliographie:

Worte finden bei Trauer und Schmerz – Abschied bewältigen: Gedichte, Bilder und Geschichten. Gebundenes Hardcover, Taschenbuch und E-Book, August 2019

Was immer bleiben sollte: Lyrik zu Natur, Heimat und Welt. Taschenbuch und E-Book, August 2019

Weihnachtszeit friedlich sanft bis mörderisch böse: Gedichte und Geschichten. Taschenbuch und E-Book, November 2018

Waldemar Kein Nazi - Kein Held - Kein Ruhm: Hundert Jahre kleiner Mann in Deutschland (1918-2018). Taschenbuch und E-Book, Oktober 2018

Die Liebe der Trollprinzessin: Ein Fantasy-Märchen. Taschenbuch und E-Book, Juli 2018

Du sollst nicht schreiben! Mord unter Schriftstellern: Krimi. Taschenbuch und E-Book, November 2017

Keine Angst vor Industrie 4.0 Digitalisierung als Chance für humane Arbeit:(gemeinsam mit Dr. P.

Greschke). Sachbuch zur Zukunft der Arbeit. Taschenbuch und E-Book, November 2017

Lucius, Die Bürde der Prophezeiung: Fantasy-Roman, Taschenbuch und E-Book, September 2017

Weihnachten zart-herb: Geschichten und Gedichte. Taschenbuch und E-Book, November 2016

Neue Liebe pünktlich zum Fest: Romantischer Kurzroman. E-Book, Nov. 2016

Warum funktioniert der Computer wieder nicht? Heiter-satirischer Ratgeber zu digitalen Generationskonflikten. Taschenbuch und E-Book, Mai 2015

Mord bei Kurs Nord – Zwei Freundinnen ermitteln: Eine amüsante Detektivgeschichte. E-Book, August 2015

Wenn Wellness nicht gut tut: Krimi. E-Book, November 2015

Kein roter Faden – weil das Leben bunt und unfair ist: Geschichten für lange und kurze Momente. Taschenbuch und E-Book, August 2015

Ausführliche Beschreibungen der Bücher findet ihr auf meiner Autorenseite unter „Notizen" sowie im Fotoalbum „Veröffentlichte Bücher" auf meiner Facebookseite oder auf meiner Autorenseite bei Amazon.